Benjamín Jarnés

ESCENAS
JUNTO
A LA
MUERTE

Edición
Juan Herrero Senés

- STOCKCERO -

Published by Stockcero, Inc.
3785 N.W. 82nd Avenue
Doral, FL 33166
USA
stockcero@stockcero.com

www.stockcero.com

Benjamín Jarnés

ESCENAS JUNTO A LA MUERTE

Índice

Benjamín Jarnés y el imperio de los signos

Perfil biográfico

Benjamín Jarnés está considerado el primer narrador de la conocida como generación del 27 y una figura clave de la literatura vanguardista en España. Nacido en Codo, provincia de Zaragoza, en 1888, tuvo una infancia pobre y llena de penalidades. Destinado a trabajar en el campo, convenció a su padre para que le dejara dedicarse al estudio en un seminario diocesal hasta que, a punto de graduarse, decidió alistarse en el ejército. Posteriormente acabaría la carrera de maestro de escuela.

Dedicado a leer y a emborronar cuartillas desde niño, sus primeras publicaciones no llegaron hasta tarde, cuando rondaba ya los treinta años, y se encuentran en las páginas de revistas y diarios aragoneses de orientación católica. Pero su carrera literaria comenzó verdaderamente a principios de los años veinte, cuando se casó con Gregoria Bergua, se trasladó a Madrid y, ayudado por amigos como Guillermo de Torre o Valentín Andrés Álvarez, comenzó a publicar en revistas de orientación vanguardista como *Alfar* o *Plural*. Por esos años publicó su primer libro, una biografía de un hermano mayor suyo que era cura rural, titulada *Mosén Pedro* (1924).

Un fragmento de su prosa, publicado en la revista

Plural, captó la atención de José Ortega y Gasset, al parecer por mediación de Fernando Vela, secretario de *Revista de Occidente*. De ese modo pasó Jarnés a la nómina de colaboradores de la revista más importante de entreguerras en España e inició una carrera literaria sostenida y fecunda que sólo quedaría truncada –como tantas otras cosas– con el estallido de la guerra civil española. Así, en 1926 publicó su primera novela, *El profesor inútil*, título que lo consagraría como prosista del nuevo arte literario, y en 1927 el volumen de estética *Ejercicios*.

En *Ejercicios*[1], Jarnés defiende principios básicos de la nueva estética vanguardista como la fractura con el pasado (65), el rechazo de la grandilocuencia y el sentimentalismo, la declaración de intranscendencia según la cual al arte «le era indiferente infiltrarse en la política, en las normas del buen vivir» (72), la autonomía de la obra de arte y la estilización (que no purismo): «Bueno es llamar a las cosas por sus nombres, pero es mejor hallar para las cosas nombres bellos» (70). Su máxima aspiración crítica de esos años –que ya nunca desaparecerá– parece consistir en dirigirse a los más jóvenes, cuyo gusto por la proclama resonante y la algarabía provocadora les impide crear productos sólidos, y alentarles a que adopten el «traje de diario» (75) del escritor, disciplinado y trabajador. Sólo así se forja el verdadero creador y se supera una etapa de «zozobra subsiguiente a toda revisión de valores» (71). Por esas fechas Jarnés formuló algunos principios claves en su estética que no sufrirían una merma significativa con el paso del tiempo: la idea de que un artista se define ante todo por sus obras (y viceversa), que todo arte nace no tanto de una

---

1   Recogido en Benjamín Jarnés, *Obra crítica*, ed. Domingo Ródenas de Moya, Zaragoza, Institución Fernando el Católico, 2001, pp. 55-93. Todas las páginas entre paréntesis remiten a esta edición.

época, como de una sensibilidad individual, que la materia del arte sólo puede ser lo concreto y que el arte es uno de los agentes más poderosos para alegrar la vida.

Pese a la voluntad de contextualizar el Arte Nuevo, y así de tener en cuenta el avance general de los tiempos, en los artículos que Jarnés publica en esos años finales de la década de los veinte no hay rastro de lo que podríamos llamar *preocupación* socio-política (lo cual no significa necesariamente que no existiera). Jarnés y el resto de poetas y prosistas de vanguardia conviven en un ambiente artístico minoritario y selecto donde se debaten casi exclusivamente problemas estéticos y donde en cierta manera se estila la figura del creador que rechaza ocuparse de problemas ajenos a su arte.

En 1927 Jarnés entró a formar parte, junto a otros escritores nuevos como Guillermo de Torre, Antonio Marichalar, Juan Chabás o Cesar M. Arconada, del «comité redactor» de *La Gaceta Literaria,* dirigida por Ernesto Giménez Caballero, la que en sus cinco años de existencia acabaría siendo la revista más importante del vanguardismo español. Una segunda novela, *El convidado de papel* (1928) consolidó a Jarnés, en palabras de Fernando de los Ríos, como «uno de los hombres que van a enriquecer la estética española»[2], mientras sus publicaciones se multiplicaban en las plataformas vanguardistas de España e Hispanoamérica: *El Estudiante, Litoral, Mediodía, Verso y Prosa, Meseta, Mundo Ibérico, Papel de Aleluyas, Ulises, Sagitario, Bolívar, Caras y Caretas...*

1929 resultaría un año crucial para Jarnés. No sólo porque publicó dos de sus novelas más arriesgadas, *Paula*

---

2   Así se lo decía al propio Jarnés en carta del 8 de febrero de 1929, recogida ahora en *Epistolario*, p. 65.

y Paulita y *Locura y muerte de Nadie*, la primera versión de la leyenda *Viviana y Merlín* y la biografía *Sor Patrocinio, la monja de las llagas*, sino porque podría decirse que a partir de esa fecha, y sin duda por el influjo de la crítica situación económica, política y social internacional, Jarnés pasó de considerarse exclusivamente un literato a sentirse plenamente un intelectual (o en su propio vocabulario, un «árbitro» o «noble mediador»[3]); se produjo así la incorporación madura de los temas del perfeccionamiento del individuo, las cuestiones sociales y la preocupación por el rumbo de España, una vez que la dictadura de Primo de Rivera se encontraba de lleno en un proceso de decadencia. Todo esto significó la ampliación del radio de acción de sus escritos, apartarse de la reclusión en una escritura minoritaria y hermética, para superar el marco estrictamente literario y alcanzar a la opinión pública, a una masa social con profundos problemas de convivencia y de sociabilidad. Esa voluntad pedagógica –de pedagogía social al estilo orteguiano– podría ser una de las razones que decidieron a Jarnés a ampliar los temas de su escritura con colaboraciones periodísticas en los principales diarios nacionales: *El Sol, La Voz, Luz, Crisol, La Vanguardia, El Norte de Castilla, El Mercantil Valenciano* o *La Voz de Aragón*.

El reconocimiento por parte de Jarnés de la nueva situación conllevó, naturalmente, cambios en su pensamiento, claramente perceptibles dentro y fuera del campo de la estética. Por esas fechas del cambio de década se produjo la formulación del ideario estético jarnesiano, bajo el nombre de «integralismo» y que supone ante todo la voluntad de reconocer al hombre en la totalidad de sus

---

3   Benjamín Jarnés, *Feria del libro*, ahora en *Obra crítica*, ed. cit. p. 100.

medios de expresión vital, sin reducirlo a sus opiniones conscientes pero tampoco, como proponía el surrealismo, a su subconsciente o a sus impulsos irracionales. Este proyecto de integración sólo adquiere toda su dimensión unido a la recuperación de la realidad del mundo perceptible como origen de toda experiencia estética: «el arte verdadero parte del mundo sensible para elaborar sus estructuras ideales. Se sale del recinto de la propia intimidad para recoger de cada "cosa" su porción inédita de belleza».[4] Estos dos principios estético-vitales, el integralismo y el punto de partida en la realidad sensible, unidos a ese impulso a no acomodarse en una manera de hacer y pensar, esto es, a la insistencia en la virtudes hermanas de la audacia, la verdadera «inquietud» y la transformación, frente a la tradición y la inercia mental, propiciaron también un cambio de rumbo de la teoría novelística jarnesiana, ya visible en la novela que nos ocupa. Manuel Andújar describía en estos términos la transformación de la estética jarnesiana: «empezaba a desligarse de sus "yoísmos", directos y reflejos, para decantarse más a una aquilatada conciencia civil, a sustentarse en noción de fundamental dignidad, aplicado a la modelación narrativa de sus prójimos y semejantes.»[5]

Así, con la década de los treinta se abriría en la producción jarnesiana una nueva etapa que se extiende hasta la guerra civil, que estaría teñida además por una silenciosa pero feroz lucha interior entre un creciente pesimismo a propósito de los parámetros de la vida moderna y la confianza optimista en la República y en el poder del arte. Las obras del escritor aragonés, y especialmente sus textos de

---

4   Benjamín Jarnés, «Esquemas del arte nuevo», *La Nación* (Buenos Aires), 19 de julio de 1929.

5   Manuel Andújar, «Benjamín Jarnés en galería de espejos», en *Grandes escritores aragoneses en la narrativa española del siglo XX*. Zaragoza, Ediciones Heraldo de Aragón, 1981, p. 79.

crítica, dejan entrever una percepción a menudo melancólica y algo distanciada de la realidad literaria y socio-política, lo que acabó calando en la producción novelesca. Así, después de una metanovela de tintes metafísicos considerada su obra más arriesgada, *Teoría del Zumbel* (1930), Jarnés comenzó de alguna manera a sentirse un náufrago solitario en el mar literario, alguien en cierto modo apartado del rumbo general. La literatura ciertamente se acercaba a la realidad, pero se teñía súbitamente y de forma imparable de refriega política, e iba perdiendo su rumbo de corte formal e imaginativo. Los escritores abogaban de forma insistente por la necesidad primero de definirse y luego de comprometerse, pero descuidaban el componente estético y artístico de sus producciones. Así, a principio de los treinta se proclamaba un nuevo romanticismo, se atacaba el experimentalismo vanguardista, se demonizaba la «deshumanización del arte» y los jóvenes del 27 se separaban en partidos, capillas y grupos. En medio de todo ello, Jarnés empezó a sentirse paulatinamente más solo en su defensa de la exclusiva misión espiritual de la tarea del escritor, que no debía acercarse demasiado a la arena política. Así, la angustia y soledad que como veremos se expresan ficcionalmente en su novela *Escenas junto la muerte* (1931) van ganando terreno en sus reflexiones, lo que explicaría que su literatura de esos años contenga, bajo la pátina de humorismo de su estilo preciosista, pavorosas reflexiones de corte existencial. Así, con creciente fuerza le obsesiona la posibilidad de la pérdida de la propia individualidad bajo el manto de lo colectivo o de lo común, un tema como veremos central en *Escenas*. Un dato significativo, por ejemplo, es que sus principales novelas a partir de *Paula y Paulita* contienen el acontecimiento de una muerte más o menos violenta o en extrañas circunstancias, y así, de personajes que se plantean la huida de un mundo insoportable a través del suicidio (el Mister Brook de *Paula y Paulita*, el Juan Sánchez de *Locura y Muerte de Nadie* o «el opositor número 7» de *Escenas junto a la muerte*) o que directamente son arrancados de éste (el Braulio de *Lo rojo y lo azul*).

La escritura de Jarnés de los años treinta persigue entre otras cosas salvaguardar un pequeño espacio para el artista que quiere continuar siéndolo, sin adjetivos; el literato que, atento al acontecer del mundo, trabaja no obstante en la trastienda de su intimidad para ofrecer al mundo sus productos. En definitiva, el escritor que busca preservar, por encima de todo, su independencia y su voluntad de, lo primero, hacer literatura. Y eso sin renunciar al presente ni a sus problemas.

La política española de esos años, después de una esperanzadora proclamación de la República –que Jarnés saludó fervorosamente–, fue en opinión de Jarnés asentándose en el radicalismo y el ataque continuo entre bandos que cada vez más parecían contemplar como única alternativa final la violencia. Igual suerte corría el espíritu en una Europa colmada de dictadores. Por eso, en esos años Jarnés embutía sus colaboraciones periodísticas con insistentes argumentaciones en favor de la tolerancia, el diálogo y el respeto a las formas de convivencia y en contra del partidismo y el uso de la fuerza, temas que iba a plasmar en 1932 en su penúltima novela, *Lo rojo y lo azul*.

Después de ella Jarnés decidió dedicarse prioritariamente a otros géneros, y sólo en 1935 publicaría otra novela, *Tántalo*.

Así, pasó a ocupar un lugar central en la producción de Jarnés la escritura biográfica, con la que el aragonés no sólo pretendía contribuir a un género en boga, sino aportar ejemplos –que no modelos– de humanidad, es decir, individuos excepcionales con personalidad propia que sobresalieron en medio de un ambiente tumultuoso. Cuatro biografías publicó Jarnés en esos años sobre distintos personajes del siglo XIX: *Sor Patrocinio, Zumalacárregui, Castelar* y *Bécquer*. Destaca también su dedicación al ensayo o la crítica, ya sea bajo formas genéricamente más usuales –caso del libro de crítica social *Fauna contemporánea* (1933) o de la colección de reseñas de *Feria del Libro* (1935)– o a través de obras híbridas de evocación, ficcionalidad, autobiografía y diálogo, como *Libro de Esther* (1935) o *Eufrosina o la Gracia* (1938). En esos años y en su cruzada particular contra el enfrentamiento y la extralimitación, la tarea de Jarnés como intelectual *público* tomó cauces hasta entonces inéditos como fueron las lecturas radiadas o las conferencias.

El estallido de la guerra civil desbarató todas las ilusiones y esperanzas de Jarnés, confirmándole su pesimismo, su desencanto y muchas de sus opiniones. Del aturdimiento inicial pasó a la indefensión y la incomprensión, para acabar en la sumisión a un destino que hacía desplomarse no sólo una vida individual dedicada íntegramente a la defensa del espíritu, sino también un clima intelectual construido por las mejores mentes de tres generaciones.

En julio de 1936 Jarnés se alineó desde el primer momento con la República y de hecho recuperó su puesto de militar, destinado con tareas administrativas a la retaguardia en el pueblo toledano de Quintanar de la Orden. Allí pronunciaría su importante conferencia «Discurso a un combatiente» (1937), testimonio de adhesión a los ideales de tolerancia y convivencia que siempre había defendido. Posteriormente, huyendo de la destrucción de la guerra, fue primero a Valencia, y luego a Barcelona, siguiendo el rumbo del gobierno republicano. De allí pasó en los últimos compases de la guerra a Francia, primero al campo de concentración de Argelès, y luego a Limoges y después a París. Finalmente, derrumbado, Jarnés, junto a otros muchos republicanos, partió a finales de mayo hacia el exilio mexicano a bordo del *Sinaia*.

El exilio de Jarnés en México abrió un nuevo capítulo en su trayectoria intelectual. Fueron años difíciles en los que Jarnés ya no era el gran escritor que había sido y envejecía rápidamente ocupado en la enseñanza y en múltiples proyectos editoriales, la mayoría patentemente alimenticios. Su producción podría dividirse rápidamente en tres partes: por un lado las ficciones *La novia del viento* (1940), *Venus Dinámica* (1942) y *Constelación de Friné* (1943) –esta última firmada por su heterónimo Julio Aznar–, constituidas en lo fundamental a partir de digresiones y ampliaciones de material de preguerra (y en el caso de *Constelación* a partir de un texto de autor francés). Por otro, las biografías, entre las que destaca *Stefan Zweig, cumbre apagada* (1942) por significar, en cierta medida, un ajuste de cuentas con el propio tiempo a partir de una biografía dialogada del gran escritor austriaco. Y finalmente, las colaboraciones en diarios como *Hoy, Mañana y El Nacional*, en las que, justo es decirlo, Jarnés aprovecha mucho de lo ya escrito en España. Asimismo, sus libros de crítica literaria *Cartas al Ebro* (1940) y *Ariel disperso* (1946) recopilan artículos fundamentalmente de los años 1925-1935.

Gravemente enfermo, convertido en sombra de sí mismo, Jarnés volvería del brazo de su mujer Gregoria a Madrid en 1948 para morir al año siguiente.

LA ESTÉTICA JARNESIANA Y LA NOVELA

En la extensa nota preliminar a su novela *Teoría del zumbel*, Jarnés presenta una teoría sobre las relaciones entre las facultades humanas y su plasmación artística que denomina «integralismo». La integridad supone la manifestación equilibrada de todas las múltiples potencialidades humanas a través de la alianza de las distintas facultades, así como de planos de interpretación de la realidad. A la búsqueda de plenitud armoniosa se unen la razón, la imaginación y el puro instinto, o lo que es lo mismo, los enfoques de la vigilia, el ensueño y la inconsciencia. Cada facultad tiene sus razones, ninguna puede ser despreciada, y cada una contribuye al conocimiento completo de lo real. La razón dibuja los límites y armoniza la integración de planos cognoscitivos. Bajo la tutela de la razón, la intimidad, como espacio primordial de donde brota la actividad del individuo, se reconoce imbricada en la vida, y así a la vez limitada y abierta a todo estímulo exterior. Pero además, esta intimidad acepta como propias todas las manifestaciones que nacen del sujeto y las utiliza, junto al material externo, para formarse y nutrirse, y así expresarse en el mundo, descubriendo sus múltiples parcelas.

Jarnés ofrecía esta propuesta, a la vez estética y ética, como respuesta a lo que entendía eran visiones parciales de lo humano. Así, buscaba marcar distancias con el freudanismo, y por tanto con el surrealismo literario, en lo que tenía de desprecio de los contenidos racionales. De igual modo, Jarnés se separaba del intelectualismo purista, que ahogaba toda manifestación irracional, y del romanticismo idealizante o sentimentaloide. Y frente a ellos presentaba su propia manera de construir obras de arte, bajo el principio de la armonía, y al mismo tiempo una consigna vital para la búsqueda de la plenitud humana: no despreciar nada de lo humano, sino integrarlo. De este modo, los planos estético y ético se entrelazaban forjando el ideal del artista en su obra y en su vida, a la búsqueda del valor superior que condensaría esta plenitud conseguida: *la gracia*.

Bajo la consigna vital de este integralismo y siguiendo la tendencia fundamental del pensamiento filosófico más actual en los años de entreguerras de anular las diferencias entre materia y espíritu, Jarnés clamó por el reconocimiento del cuerpo, y así de *la sensibilidad*, durante tantos siglos vilipendiados. La sensibilidad representaba la fusión armoniosa e indiscernible de la inteligencia con la sensualidad. Y se establecía como modo primordial de conocimiento, pues era la puerta a la realidad y la prueba de su existencia. Las cosas que nos rodean, afirma Jarnés, se conocen primordialmente a través de los sentidos; y a la vez, la sensibilidad es también el vehículo del goce y del dolor, por tanto epicentro de las emociones. La sensibilidad existe siempre encarnada. El cuerpo constituye su modo fundamental de expresión vital, y por el cuerpo se hacen realidad las sensaciones, y gracias a él es posible el contacto superior con el otro: el contacto erótico –que no el mero goce sexual–. Este contacto es prueba de la existencia de la emoción superior, el amor, que Jarnés define en su conferencia *El amor en la novela* (1934), recogiendo palabras de su admirado Stendhal, como un «milagro de la civilización»; luego se lo tacha de impuro –una virtud– y se dice de él que «no tiene razones, atropella todo cálculo, brinca sobre toda escala de valores»[6]. El amor, en definitiva, supone para Jarnés la forma superior de conocimiento del prójimo, que supera el goce del puro instinto para establecer un dulce diálogo con el otro.

El espectro de modos de realización emocional al que según Jarnés accede el hombre con el cultivo moroso de su sensibilidad no se acaba con el amor, sino que es amplísimo. Entre los principales, además del amor, pueden citarse: la voluptuosidad, la generosidad, la tolerancia o el diálogo. Todos, como puede observarse, poseen parecida tonalidad: se basan en el goce de la propia personalidad que se contempla y reconoce en la tesitura de su apertura a lo otro, al que se busca conceder un valor en sí, sin reificarlo, frente al sujeto. Así no extraña que todas estas emociones sean a su vez modos *espirituales* en los que el hombre se realiza, es decir, en los que se constituye realmente como hombre. Así, la generosidad va siempre vinculada a la tolerancia, pues ambas representan modos de reconoci-

---

6 Benjamín Jarnés, «*El amor en la novela*», recogido en *Elogio de la impureza: Invenciones e intervenciones*, ed. Domingo Ródenas de Moya, Madrid, Fundación Santander Central Hispano, 2007, 363-381, 374.

miento del prójimo en el que el sujeto desaloja parte de su excedente de plenitud vital poniéndolo a disposición del otro.

Pero esta escala de virtudes que Jarnés defiende en sus obras rara vez alcanza lo colectivo. Y es que Jarnés concibe al hombre en términos radicalmente individualistas, tanto en sus ficciones como en sus ensayos. ¿Quién no reconocería en Julio Aznar, Juan Sánchez o el opositor número 7 retratos de lo que Jarnés llamó en 1936 «el mártir de los tiempos futuros: el individuo –víctima, naturalmente, de su fe en la libertad humana– que confiesa ante las gentes su tremendo delito de creerse individuo suelto»?[7] Jarnés piensa al hombre en libertad, alejado de conflictos y preocupaciones colectivas, muchas veces en lo que una vez nombró «el divino ensimismamiento humano»[8]. Así, sus personajes masculinos contienen, entre lo que Martínez Latre llamó sus «constantes configuradoras», que son en su mayoría solitarios y a menudo herméticos, por lo general «inadaptados»[9] que patentizan, como ha mostrado especialmente Víctor Fuentes, su «rechazo a los convencionalismos sociales»[10] y a «la vida burguesa»[11]; disfrutan (o sufren) relaciones esporádicas, muchas superficiales, la mayoría lastradas por incomunicación o por pasividad; y ciertamente pocas veces parecen sufrir problemas vinculados a asuntos económicos, laborales o familiares, «sociales» en un sentido vago; sus novelas muchas veces se lo-

---

7   Benjamín Jarnés, «La novela sin fin», *El Sol*, 14 de junio de 1936.

8   Benjamín Jarnés, «Discurso a los holgazanes», recogido en *Elogio de la impureza*, ed. cit., 383-413, 409.

9   Carlos Ramos, «Más allá de la alienación: Jarnés y los límites de la identidad», en *Fronteras finiseculares en la literatura del mundo hispánico*. Vicente Granados Palomares (ed). Madrid: UNED, 2000, p. 252.

10   María Pilar Martínez Latre, *La novela intelectual de Benjamín Jarné*s. Zaragoza, Institución Fernando el Católico 1979, p. 237.

11   Víctor Fuentes, «La dimensión estético-erótica y la novelística de Jarnés», *Cuadernos Hispanoamericanos*, 235 (1969), p. 248.

calizan en lugares cerrados, en cierta medida ajenos a los acontecimientos políticos: el seminario, un balneario, el campo, un museo, etcétera. Además, sus tramas casi nunca contienen referencias a hechos históricos o plantean una circunstancia sociopolítica precisa, sino que se sitúan en una vaga intemporalidad, eso sí, moderna y además, como ya indicara Berstein[12], centrada en el presente. Todo ello responde, creemos, al planteamiento personal y teórico jarnesiano que, como ya señalara Eugenio G. de Nora, apuntaba a «un tenso resorte moral escondido bajo la muelle apariencia voluptuosa»[13], es decir, a una postura ética radical de defensa del individuo. Ello sería quizá reflejo creativo de la irreductible voluntad jarnesiana de reflexionar desde la propia individualidad, sin adherirse a ninguna corriente ideológica o ismo. Para Jarnés, la independencia suponía una condición necesaria para la reflexión (y para la creación). Individualismo, por tanto, como postura social e intelectual: «A todo trance, sobreponerse a eso tan dudoso que suelen llamar *vida social*, y construirse lo que, en efecto, debe llamarse *vida individual*. Salir de cuanto se crea una *posición social* determinada, para crearse –y en ella afirmarse– una *posición individual*.»[14]

En cualquier caso, la confluencia entre la propuesta ética jarnesiana y su plasmación en las obras nos conduce al horizonte de un «nuevo humanismo» estético tal y como Jarnés lo plantea a principio de los años treinta. En éste, la literatura ocupa un papel central, pues por encima de su rol de divertimento o de expresión, por encima de proclamas o defensas ideológicas, por encima de las voces que aún en la tercera década de siglo limitaban el arte a ser

---

12   J.S. Bernstein, *Benjamín Jarnés*. New York: Twayne Publishers, 1972, p. 64.

13   Eugenio de Nora, *La novela española contemporánea*, Madrid, Gredos, 1968, p. 158.

14   Benjamín Jarnés, *Libro de Esther*, Madrid: Espasa-Calpe, 1948, p. 123.

mero reflejo de la realidad, Jarnés quiere convertir al arte literario en portavoz privilegiado de lo específicamente humano, y así en el principal medio de elevación de los hombres. Este nuevo humanismo estético se sitúa por lo tanto en un terreno apolítico y desinteresado y busca principalmente actuar sobre el individuo y no sobre la colectividad; así, como ha señalado Francis Lough[15], persigue apartar momentáneamente al hombre del tráfico emocional cotidiano para acercarlo a terrenos de emoción estética pura, y así, mejorarlo, hacer de él, en definitiva, «un hombre bueno.»[16]

Éste es el punto de llegada de la estética jarnesiana. La convicción de que a través del contacto con las obras de arte, mediante la lectura, la sensibilidad del individuo va moldeándose y puliéndose. El sujeto percibe la realidad de una manera más rica y delicada, las cosas le comunican más, la facticidad que le envuelve pierde su aspecto cotidiano y cansino; el lector redescubre lo que le rodea a través de los múltiples prismas que proporciona el torrente metafórico de la escritura. Además, se va progresivamente formando en el reconocimiento del vasto ámbito de lo humano, plural, multiforme, repleto de lugares donde perderse, de ámbitos desconocidos, cambiante con las épocas y con las culturas, ajeno a toda dogmática. El arte ayuda a relativizar y a tomar perspectiva, aleja del autoritarismo y la creencia desmedida. Y no sólo eso: el espectador se va habituando a sentir emociones desinteresadas, cultivadas y armónicas que luego aplica en ámbitos no-estéticos de su vida, suscitando de esta manera la aparición de formas superiores de sociabilidad, donde prospera la concordia, la

---

15   Francis Lough, «*El profesor inútil* and the ethical aesthetics of Benjamín Jarnés», *Bulletin of Hispanic Studies*, 72 (1998), p. 476.

16   Benjamín Jarnés, *Textos y márgenes*. Cuadernos Jarnesianos, 9. Zaragoza, Institución Fernando el Católico, 1988, p. 40.

generosidad y la preocupación por los demás. Eso proporciona al arte una eficacia social no por inmensurable inexistente. Además, como «el arte no debe reconocer clases»[17], sus influencias llegan a todos los ámbitos, por lo que el alcance de esta «educación estética» no se circunscribe a un sector social determinado, como por ejemplo el proletariado. De ahí que Jarnés rechace taxativamente dividir la literatura en revolucionaria o burguesa, contraponiendo una clasificación más amplia de eco wildeano: «literatura mala y literatura buena»[18]. En definitiva, buena literatura, afirma Jarnés, es aquella que alcanza tres fines en escala ascendente: en primer lugar divertir, seguidamente hacer pensar y por último hacer vivir más intensamente. Con esta última idea, Jarnés defiende denodadamente la lectura como medio para transmutar el desencanto y la negación en afirmación y estima de la vida, por encima de esfuerzos y penalidades.

Para Jarnés, con el arte la vida entera, sin exclusiones, se transforma en un infinito plantel de posibilidades de descubrimiento y experimentación, un campo abonado para que el individuo dé rienda suelta a través de la expresión a aquello que lo individualiza y lo hace único. El arte permite vivir con mayor intensidad por ser el vehículo idóneo para la fruición voluptuosa de recuerdos, sensaciones, emociones, encuentros, reconocimientos, que estéticamente transmutados se ordenan, toman forma, adquieren nuevos significados, se entrelazan en inéditas líneas de sentido, pueden ser modificados o eliminados a voluntad, etcétera... El arte alcanza de ese modo un carácter eminentemente *ético*, pero no en un sentido mora-

---

17   Benjamín Jarnés, *Textos y márgenes*, ed. cit., p. 38.
18   *Textos y márgenes*, ed. cit., p. 37.

lista, que «siente el deseo de corregir el río, la vida, el drama»[19] decía Jarnés en 1935, sino como guía sutil para un proyecto existencial personal.

Dentro de este estímulo general de la literatura a la afirmación del hombre y de la vida, la novela ocupaba para Jarnés el puesto superior. La novela suponía el medio más adecuado para la tarea de mejoramiento de los hombres, por variadas razones: así, podía exhibir la misma intensidad lírica que un poema, con mayor capacidad descriptiva; su riqueza de personajes y situaciones, unida a su esencial principio de narratividad le permitía captar el fluir del «río fiel» que en opinión de Jarnés es la vida; podía además, si conseguía un armónico equilibrio, proporcionar una síntesis superadora entre los dos extremos de la «autobiografía», como expresión de la interioridad del escritor, y el «reportaje», entendido como reflejo objetivo de lo real.

Escenas junto a la muerte, NOVELA IMPOSIBLE

Jarnés va a plantear su ética de la literatura desde la plataforma novelesca. Naturalmente este proyecto se imbrica en un amplio contexto de renovación estética en España promovida por lo que en la época se llamó «vanguardia» o «joven literatura» y que posteriormente ha venido siendo conocida como generación del 27. Aunque es cierto que en esta promoción la producción poética fue magnífica, no lo es menos que en aquellos años la prosa consiguió una idéntica cadencia de modernización (de hecho estos escritores no lo vivieron como dos procesos di-

---

19   Benjamín Jarnés, *Libro de Esther*, ed. cit., p. 50.

ferenciados), y que en este afán algunos escritores probaron a trasladar las innovaciones a la ficción novelesca, entre ellos Ramón Gómez de la Serna, Antonio Espina, Juan Chabás, Mario Verdaguer o Rosa Chacel, por citar sólo algunos nombres. Entre ellos, Jarnés ocupa, por calidad, cantidad y tesón, un lugar central, con casi una decena de novelas y otras tantas obras híbridas de ficción, crítica y autobiografismo. *Escenas junto a la muerte*, la novela que presentamos aquí, constituye una destacada muestra de este nuevo arte novelesco, y puede situarse junto a otros intentos en la literatura occidental de ese momento (Proust, Joyce, Musil, Dos Passos o Giradoux) por poner contra las cuerdas la manera tradicional de contar.

Dicho rápidamente, la renovación ejercida en las primeras décadas del siglo XX en la novela pasa ante todo por la focalización en el *discurso* (lo que comúnmente se denomina «la forma») por encima de la *historia* (lo que llamamos «el contenido» o «el argumento») como constitutivo de la construcción ficcional. Las novelas se conciben como artefactos que despliegan miríadas de efectos significativos a partir de una trama que generalmente gira en torno a un personaje y su complejo mundo interior. Se ha perdido la fe –y la ilusión– en el realismo y en la representación fiel; ahora la novela busca ser cifra y expresión de una poderosa mente individual y creadora (la del escritor) y de la manera que ésta se enfrenta a una realidad voluble y multiforme y la construye (o mejor, la re-construye). Con ello la novela se acerca a la *lírica* (en tanto que expresión interna de una sensibilidad) como al *cine* (en tanto que efecto de un montaje de fragmentos) y deviene un crisol.

Eso naturalmente la aleja del lector común, al que se le exige un esfuerzo de comprensión cuya contrapartida sería la ganancia de una prolongada vivencia compleja y mediatizada de sentido artificioso, esto es, una aquilatada experiencia estética. La nueva novela se disfruta como el cuadro cubista o la música atonal: a partir del extrañamiento y la distancia frente a lo complejo y no inmediatamente atractivo. Leer se vuelve un ejercicio de descodificación que retraduce la codificación creadora frente a un mundo moderno huérfano de sentido, y de esta manera la lectura constituye la otra cara de la escritura, inseparables en la moneda de la experiencia de la libertad y la imaginación.

En principio, Jarnés ofrece *Escenas junto a la muerte* como una continuación de la novela de 1926 que le hizo famoso: *El profesor inútil*. Pero *Escenas* puede ser leída como un relato totalmente independiente. Es más, la historia no contiene prácticamente alusiones a la obra anterior. Jarnés enlaza una novela con otra para generar una sensación de continuidad de su producción, y para justificar la inclusión del capítulo final de la novela de 1926 como el primero de ésta. Un ejemplo más de aprovechamiento de los propios textos, una práctica por otra parte no inhabitual en la literatura de entreguerras, donde los escritores reciclaban materiales aparecidos anteriormente en revistas literarias o prensa para proyectos de mayor envergadura. Así, Jarnés adelantó lo que acabaron siendo fragmentos de la novela en varias ocasiones en los años 1929 y 1930, en las revistas *Atlántico*, *Cosmópolis*, *Verso y Prosa* y en el periódico bonaerense *La nación*. A estos materiales se une, como se dijo, la recuperación ampliada del capítulo «Juno» de *El profesor inútil*, que allí cerraba y aquí abre la novela.

Tanto para el lector que ya conoce la novela de 1926 como para el recién llegado, el personaje protagonista se hace pronto visible: un joven atolondrado y cogitativo, refugiado en el estudio (por obligación, casi por vicio y en realidad por constitución espiritual) y que es impertérrito aspirante a don Juan. Si en el pasado el joven licenciado debía ganarse la vida dando clases particulares, ahora nos lo encontramos cuando ha decidido prepararse para unas oposiciones a profesor. En ambos casos, en la tarea de estudio se inmiscuye la atracción femenina, y el joven rodeado de libros descubre la belleza del mundo de la mano de muchachas que saben que no todo se esconde en los libros, sino tanto más en la experiencia vital misma.

El primer capítulo es en realidad un prólogo donde encontramos al protagonista, al que conoceremos únicamente como «opositor número 7» (lo que señala su alienación como sujeto en el mundo contemporáneo), en el trance de suicidarse desde la azotea de un edificio. El opositor número 43 se lo impide y le inquiere por sus razones para hacerlo. Inician un paseo nocturno y el protagonista explica entonces su trayectoria vital, que de un solipsismo inicial culmina en la manera en que se ha ido sintiendo frente a la realidad: su descubrimiento de que los hechos —y la existencia de los otros— le hacen daño y cómo se ha visto obligado a plantar metáforas entre él y la realidad como mecanismo de autoprotección. Pero esas metáforas han acabado por impedir que la realidad, la culpa o la injusticia, le afectaran, por lo que se siente alguien solitario, descarnado, alejado de la vida y en ocasiones vacío de sentimientos. Lo que vendrá a continuación –y en ello consistirá la novela– serán retazos vitales de esa vida pasada, y así muestras de cómo el opositor, poco ducho en relaciones personales, se enfrentó a ellas. Los capítulos posteriores al prólogo constituyen de hecho una enorme analepsis de las distintas desventuras del protagonista, hasta llegar al presente. Finalmente, el último capítulo, «Archivo de un amor» ofrece en prolepsis una pista sobre los finales pasos del opositor protagonista en su relación con Isabel, su amante a lo largo de la novela.

Los capítulos posteriores al prólogo siguen un orden cronológico a la vez personal e histórico, y de hecho presentan la trayectoria vital del personaje como si éste recorriera algunas de las etapas más significativas de la historia de la humanidad, principalmente desde la perspectiva literaria (no en vano el opositor lo es a una cátedra de literatura): la edad clásica, la edad media, el romántico siglo XIX, para culminar en el presente e incluso aventurarse en una «edad futura». En definitiva, siete capítulos que condensan la vida del protagonista (al que también identifica el número 7). Cada capítulo, a su vez, se divide en diversas escenas.

Jarnés utiliza la falsilla de las etapas histórico-literarias con varios propósitos: situar de qué modo experimenta el personaje los distintos capítulos de su relación amorosa, y de esta forma comunicar cada historia a la luz de las asunciones que nosotros tenemos sobre cada época, lo que supone además un tono cambiante en la narración. Ahora bien, este tono sufre interrupciones propias del pastiche que desbaratan las expectativas «serias» del lector y también del personaje. La particular reescritura jarnesiana de la historia literaria es a la vez homenaje y amable burla, en la medida que hace patentes los mecanismos, tópicos y clichés propios de cada jalón de esta historia: el clasicismo greco–romano obsesionado por la perfección corporal, la edad media española con el honor y la muerte. Jarnés actúa en esta novela, más que en ninguna otra de las suyas, como un antropófago literario: devuelve reinventada la historia literaria española en aquello que tiene de constitución de espacios para la experiencia.

Para Jarnés, la literatura había cumplido y cumplía en la sociedad una misión silenciosa, no palpable ni cuantificable, pero no por ello menos transcendente. Hacía posible pensar concretamente la realidad. Aportaba el instrumental «emotivo» con el que los sujetos se enfrentaban al presente y buscaban entenderlo. La literatura presenta así un maravilloso catálogo de actitudes vitales, de «modos» de vivir la vida, de idéntico valor. Cada uno lleva aparejados sentimientos y reacciones. Nosotros somos románticos como la literatura ha definido el romanticismo. No había románticos, parece decirnos el novelista, hasta que el romanticismo los inventó. Al hablar de estos temas Jarnés prefiere utilizar la palabra «mito»; El verdadero artista es un creador de mitos, esto es, de arquetipos pero no abstractos, sino sensibles, que dona al mundo. La literatura es su colección.

A la vez, este uso de falsillas literarias está justificado argumentalmente: el opositor no sabe enfrentarse con mirada límpida a la realidad, sino que la adquiere proyec-

tando una pre-comprensión literaria de la que no puede
desasirse. Así, clasifica a las mujeres –y se comporta frente
a ellas– según el mito que parecen encarnar. Lo mismo
hace con lugares y situaciones. Esto, claro, le ciega para la
comprensión y experimentación de ciertos ámbitos de realidad, y le mantiene continuamente en una posición distanciada donde la implicación emocional es fruto de un esfuerzo titánico. Los demás, frente a eso, no pueden en
ocasiones sino sentirse defraudados. Y eso es precisamente
lo que ocurrirá al final de la historia con Isabel, la protagonista femenina.

La obra, como puede suponerse por lo dicho, aparece
henchida de múltiples reminiscencias literarias, que Jarnés
utiliza, transfigura, reinterpreta y actualiza a mayor gloria
de la literatura misma. En el primer capítulo, por ejemplo,
cuando el opositor número 7 comparte con el 43 su retrato
de la miseria de una multitud de actores sociales hay una
referencia directa a la novela *El diablo cojuelo* (1641) de
Luis Vélez de Guevara, en la que el diablo conduce a
Cleofás en un mágico viaje donde se levantan los tejados
de las casas para observar la verdadera realidad de las vidas
de sus moradores. De la misma manera, el episodio en que
Susana/Juno es descubierta por su novio flirteando con el
profesor se narra como si se tratara de una escena convencional de folletín.

El personaje del profesor afronta la realidad a través
de un prisma literario. Las situaciones inevitablemente le
recuerdan a historias, leyendas y mitos de tradiciones distintas, especialmente la greco-romana y las que nacen de
la literatura hispánica. La literatura es la manera de dotar

de sentido a las situaciones, pero no es un proceso totalmente consciente o voluntario, sino la inevitable derivación
hermenéutica de una mente poblada y forjada en las múltiples lecturas de seminario y escuela. En general, estas referencias tienen que ver sobretodo con las distintas ma-
neras en que los escritores han explicado el amor y aquello
que Goethe llamó «el eterno femenino»: pasamos así de
la mujer-mito del clasicismo, a la serrana medieval, de ahí
a la etérea fémina romántica, luego a la estrella de cine para
acabar con la sofisticada e independiente mujer moderna.

«Juno» toma su título de la diosa romana del matrimonio, cruel y salvaje según la *Eneida*, para contar cómo
el opositor, mientras escribe fichas en la biblioteca del
Ateneo y deja volar sus pensamientos, se embelesa con la
figura de una muchacha que habitualmente también estudia allí, y se dedica a observarla y a construir metáforas
que describan las distintas partes de su cuerpo. El opositor,
al ver a la joven escribir, fabula que debe estar redactando
una carta de amor. El opositor se queda dormido, y le despierta un discípulo suyo que conoce a Juno, llamada en realidad Susana.

Con «Juno» los protagonistas de la historia, el opositor
(Dafnis, por tanto) y Cloe adquieren cuna mitológica. Su
fugaz unión se forja de en la volatilización de la verdad
fáctica, sustituida por la ficción mítica; esto es, un episodio
de flirteo del opositor y la estudiante en que el primero
acaba apareciendo (falsamente) como un héroe. El capítulo
deja también ser leído como un *tour de force* sensitivo que
acumula epítetos, adjetivos e imágenes para ensayar mil y
una descripciones sesgadas del cuerpo femenino.

En el segundo capítulo veremos al opositor deambular por el Madrid nocturno intentado encontrar remedio a unos fuertes dolores en el corazón, que cree ser el inicio de una insuficiencia coronaria. En su periplo se encontrará con Isabel/Cloe, la única dispuesta a ayudarle en una ciudad plagada de pasajes sórdidos y personajes extraños (o, por lo menos, así lo percibe el protagonista en el trance de lo que cree la llegada de la muerte). El trato que los compañeros de pensión muestran con el opositor al final del capítulo —confundiendo su deambular en busca de un doctor con una noche de juerga— revela nuevos efectos de una erudición vana y hueca que convierte a las personas reales en ejemplos que confirman reglas de los libros (o, en este caso, enfermedades de los manuales médicos).

Jarnés utiliza como intertexto del capítulo dos el motivo literario de la «serranilla», una forma poética desarrollada en los siglos XIV–XV, y cuyos más famosos ejemplos se deben al Marqués de Santillana. En general, se trata de poemas breves donde se idealiza la figura de una «serrana», una mujer que vive en la sierra, de rústicas costumbres y simple código moral. Los hombres más cultivados que se las encontraban y les pedían albergue, debían pagar una especie de peaje sexual o proporcionarles un regalo. El Marqués de Santillana estilizó esta forma poética para convertirla ante todo en narraciones del encuentro de un caballero, perdido en el camino, con una serrana a la que requiere en amores, a veces con éxito, a veces sin él. El paralelismo con el opositor necesitado de ayuda en las calles de la gran urbe, y a quien solo una joven campesina presta atención, es bien patente.

El tercer capítulo parodia –siempre, repitámoslo, con el envés del homenaje– el más acendrado romanticismo. En esta ocasión, el opositor se nos aparece como un trabajador de correos –su empleo alimenticio– que suspira por una bella dama que viene a recoger con asiduidad cartas de un amante a espaldas de su anciano marido. Jarnés tachona el texto de resabios románticos: imágenes excesivas, pasiones desbocadas, amores imposibles, atracción por el abismo y sentimiento a flor de piel. El opositor se ha vuelto celoso –e incluso avaricioso– transmisor de secretos: durante el día ha cambiado las fichas de literatura con las que estudia por las noches por cartas, cartas en las que imagina dramáticas historias de amor. Como la de Elvira de Pastrana, la casada a la que acabará salvando de la ira del esposo. El capítulo es, paradójicamente, al mismo tiempo un desmontaje de la metafísica del amor construida por el romanticismo y un canto al sentimiento puro que enlaza los cuerpos y mueve el mundo. El opositor sufre un amor ilimitado, pura energía que no comprende y que le posee. Pero la mujer que lo provoca es inasible, casi una sombra o una aparición; alguien que la casualidad trajo a una oficina de Correos y que la fatalidad acabó llevándose. Jarnés ofrece aquí una encarnación del más destacado sentimiento romántico. Ya su propio subtítulo, «delirio romántico», alude claramente a la naturaleza exagerada de la historia, y permite que en el siguiente capítulo comprendamos que el opositor, tras su amago de anguina de pecho, ha pasado unas fiebres que le han provocado, precisamente, ese delirio.

En el cuarto capítulo, ambientado ya en el presente,

descubrimos que la «serranilla» ha estado cuidando del opositor, de quien le atrae saberlo metido en asuntos literarios. De hecho, quiere ser su discípula, pues no sabe ni leer. Ella es en realidad una joven campesina que decidió buscarse la vida en la ciudad y vive de la generosidad interesada de un marqués. Jarnés retoma aquí su leitmotiv del paralelismo entre educación literaria y educación amorosa (el lenguaje se descubre y se disfruta como el cuerpo del ser amado), y formalmente va a combinar en este capítulo dos procedimientos: por una parte, alternar el discurso festivo del opositor 43 con los pensamientos enamoradizos del protagonista. Por otra, mostrarnos el proceso creativo de la metáfora en la manera en que estos mismos pensamientos descubren sus verdaderos motivos.

El capítulo cuarto se dedica sobretodo a explicarnos la doble educación de opositor y analfabeta, a la par que presenta una fascinante génesis del lenguaje. Comienza con la formación de los grafemas de las letras, continúa con el sentido de las vocales y las interjecciones y sigue con las manera de formar sílabas uniendo vocales y consonantes, para así constituir, finalmente, palabras. El capítulo termina con una jerarquización de las palabras según su capacidad expresiva. Isabel es la que aprende el origen del lenguaje a través de la enseñanza fantasiosa del opositor, que se recrea en metaforizar los sonidos, la forma de los labios al hablar, o el sentido mismo de pronunciar palabras.

El quinto capítulo transcribe la película que los protagonistas deciden ir a ver, y que no es otra que una película de Charlot donde éste ha ido a caer nada menos que al pueblo de Zalamea, donde transcurre el drama de honor

de la famosa obra de Calderón de la Barca *El alcalde de Za-*
lamea. En el drama original, el capitán y noble Don Álvaro
de Ataide es alojado en la casa de un labrador rico, Pedro
Crespo, a cuya hermosa hija Isabel ultraja. Crespo intenta
arreglar la situación haciendo que Don Álvaro se case con
su hija, pero éste se niega porque ella es de clase inferior,
lo que hiere el honor del padre. Cuando éste es elegido alcalde, utiliza su poder para hacer ajusticiar a Don Álvaro
dándole garrote. En una nueva proyección, el opositor espectador se metamorfosea en este Charlot del barroco que
es un nuevo Don Álvaro, y así se ahonda más en la visión
que el opositor protagonista tiene de su trato con Isabel. Es
una relación prohibida —pues es la compañera oficial del
marqués— que difícilmente tendrá una feliz resolución: no
sólo por la autoridad del legítimo acompañante, sino
porque, a ojos del opositor/Charlot la propia amada —como
le ocurre a Isabel en la película— es incapaz de dejar atrás
el pasado y vivir una nueva vida con él. A la alegría pre-
sentista del personaje inventado por Chaplin, en que el
opositor se refleja, se contrapone la triste perspectiva del
pasado que vuelve para Isabel.

Destaca también en este capítulo la particular escritura
intermedial: la obra de teatro original se transpone a un
texto literario donde ha sido en realidad convertida en una
película. Asistimos a variados mecanismos de reescritura
que fundamentalmente amplían las descripciones, para
convertirlas en escenarios de la trama cinematográfica —y
así hacerlas imagen— y parodian el tono trascendente y de-
clamatorio del barroco.

Por añadidura, en este capítulo se reivindica también

la libertad absoluta del arte, y específicamente del arte alegre y paródico frente a toda autoridad, en el enfrentamiento inicial entre Charlot y Pedro Crespo, que como alcalde pretende que sus conciudadanos sólo asistan a espectáculos decentes y serios.

En el sexto capítulo vamos a asistir al desmoronamiento del edificio amoroso construido por el opositor e Isabel en sus lecciones. ¿Causas? El tedio, el mutuo aburrimiento, el excesivo conocimiento. (Nótese que en este capítulo, siguiendo con el análisis de los signos lingüísticos, el narrador habla del punto y sus distintos usos gramaticales. Si antes habló de cómo echaba a andar la expresión lingüística, ahora habla de cómo darle cierre: lo mismo que ocurre con la relación). El opositor abandona a Isabel porque ha perdido la frescura e ingenuidad que la hacía singular: se ha convertido una ciudadana más, artificial y previsible. Pero al dejarla, sustituyéndola por el amor pasajero de una prostituta, se cruza con el capitán Altaide, enamorado de Isabel, que lo amenaza con la espada. Y entonces el opositor vuelve a sentir la amenaza de la muerte —aquella que no deja de estar a su lado, real o imaginaria— y piensa en ella, obsesivamente.

El opositor protagonista experimenta emocionalmente de manera intensísima aquello que le ocurre, y las decisiones que toma le conducen a estados alterados de conciencia donde siempre, indefectiblemente, se cree morir. La muerte, con su fascinación de límite, parece arrastrarlo, y en esos instantes el personaje piensa, piensa, ve su cuerpo caer y desvanecerse, le cruzan por la cabeza, agolpándosele en ella, pensamientos de su triste vida pasada y presente. Las escenas acostumbran a suceder por la noche, en la ciudad. La muerte se equipara con la desaparición del lenguaje (y a medida que el opositor se acerca al final, pierde la facultad de comunicarse). Por eso el opositor imagina la muerte como ese lugar «donde las metáforas no tienen ya sentido.»

El capítulo seis termina con un intercambio epistolar entre dos amantes que ya han perdido el vínculo emocional –cordial– que los unía. Isabel abandona al marqués para vivir su vida de manera independiente, quiere conocer mundo, pero sólo puede triunfar como vedette, regalando su cuerpo casi desnudo a miles de espectadores, con lo que –a ojos del opositor– se desvanece definitivamente lo que la hacía única; no en vano es ahora una efigie mil y una veces retratada en revistas y periódicos: casi un simulacro; al final de la historia Isabel reacciona y busca replegarse sobre su intimidad. Pero el opositor ya la ha tachado de su vida.

El último capítulo, el séptimo, supone un salto en la narración: han pasado cinco años y los antiguos enamorados se encuentran por casualidad y acuerdan volver al Museo del Prado, donde paseaban cuando estaban juntos, para actualizar el archivo de sus vidas. El opositor contará a Isabel su última aventura, la del matrimonio, nuevo experimento fracasado en moldes viejos: la joven esposa que el opositor –ahora ya catedrático– creía singular y única –y posesión intransferible– ejercía en realidad de tapadillo de modelo para un escultor. Así que las curvas de su cuerpo están talladas en centenares de esculturas. Así concluye el relato.

Escenas junto a la muerte es una novela compleja, de lectura reposada, que engarza mil y un temas al armazón de una prosa cincelada con esmero al calor de la tradición literaria. Novela fascinantemente contradictoria, y a sabiendas: pues la vida no es ni justa ni unidireccional. Como nos recuerda el narrador, la muerte es a la vida no su contrario, sino el polo negativo que hace posible la descarga eléctrica vital. Del mismo modo, Jarnés, nietzscheano, quiere enseñar «la ciencia de bien olvidar» en una novela fundada en una reescritura del pasado. La novela –como la peripecia argumental– se plantea a modo de una lucha agónica –y condenada al fracaso definitivo, aunque quizá exitosa en el instante– contra el Tiempo. Él es el verdadero protagonista del libro. El opositor, de hecho, dialoga con él –en su hechura de Cronos– al final de la novela. Jarnés nos recuerda que la vida es tiempo, pero tiempo que no debe ser consumido en el recuerdo. La experiencia vital gozosa es inmediata –el placer, como el lenguaje, parece sacarnos del tiempo– y no puede pretender permanencia. Casi síntomático el de Matilde, la esposa del protagonista: decidida a ejercer la prostitución, su falta de gracejo corporal le impide encender en los hombres la pasión amorosa inmediata, porque les recuerda a una estatua del pasado. Jarnés denuncia, con el desengaño de su protagonista, la incapacidad de algunos para olvidar el pasado y concentrarse en el presente.

El instante reclama eternidad, decía el antecitado Nietzsche. Jarnés añade: la literatura puede dársela; pero cuidado con el exceso. La relación entre vida y literatura tiene su sesgo malsano. Así, en sus sueños, el opositor se introduce dentro de los argumentos de las obras literarias como un personaje disruptivo, y las vive como si fueran historias reales. Por otra parte, Isabel es, aún antes casi de conocer al protagonista, carne de literatura, encarnando personajes literarios a su pesar: la serranilla, Elvira de Pastrana, o Isabel Crespo.

Isabel, a lo largo de la novela, va a irse cansando de su ingenioso amante, al que va a entender mejor –con la consiguiente pérdida de atracción y fascinación– a medida que, precisamente, sepa desentrañar el lenguaje metafórico e imaginista que utiliza. Lenguaje que contiene a partes casi iguales juego, mecanismo de seducción, autoprotección, «pantalla» ante los problemas reales y literaturización de la existencia.

El opositor siente que pierde a Isabel a medida que esta aprende y se hace más culta, porque considera que pierde su ingenuidad y frescura. También ocurre que si está más letrada no puede quedar tan fascinada por la cohetería verbal del amante. El aprendizaje excesivo –como la excesiva erudición– aleja de la vida de las emociones y los sentimientos puros, de la inocencia e ingenuidad del corazón abierto al mundo. Por eso el propio opositor fracasa en el amor, porque es de hecho el ejemplar más logrado de «letra herido», de aquel que parece no saber vivir su vida si no es literaturizándola; El protagonista no sabe interpretar los signos que las otras personas –especialmente las mujeres– ofrecen, y queda definido como «perpetuo amante de mitos y de esquemas».

Esparcidas por su argumento, la obra incluye reflexiones sobre la materialidad del lenguaje y el tránsito del significante a la construcción de significado. Así, se alude al contorno de las letras impresas, a la formación de sílabas y palabras, a la sinonimia con falsa gavilla de parecidos –nunca dos palabras significan lo mismo– y así al valor central de la precisión y el matiz. Sirva de ejemplo el momento en que el opositor discurre sobre las distintas elecciones de adjetivo para una misiva amorosa de Juno.

Toda la novela se sustenta en un intercambio de significados entre la historia y la narración que constituye un principio de metaficción: el personaje que se siente osamenta vital cobijada en metáforas frente a la realidad es el autor mismo que utiliza los mecanismos literarios para transfigurar lo narrado. El Jarnés autor, de hecho, vivió en un momento de su carrera la misma angustia que el opositor número 7, al ser acusado de cultivar una novela «deshumanizada», preocupada por la imaginería y el estilo con menoscabo de la historia y la construcción de personajes, y así poco preocupada por cuestiones «sociales». Las acusaciones mezclaban verdad y mentira pero sirvieron para hacer a Jarnés –y a otros autores– consciente del valor social de las narraciones que urdían, y por tanto conscientes también de su papel como cronistas de una sociedad urbana y capitalista ella misma en tránsito de deshumanización.

Esta obra, para concluir, se nos aparece a la luz del presente como profundamente moderna: por su escritura luminosa, por su reivindicación de la experiencia plena del presente sin las ataduras del recuerdo, por su redoblada postulación de la literatura como sutil y singular instrumento de conocimiento, y por su reutilización gozosa de los materiales de la tradición literaria. Casi al final de la novela, el narrador afirma: «para amar los originales es preciso deformarlos, transformarlos a imagen y semejanza propia»

La lectura de esta obra de Jarnés es además un goce de su prosa rítmica, precisa, cristalina y cuajada de metáforas sorprendentes. *Escenas junto a la muerte* despliega la prodigiosa capacidad jarnesiana para la construcción y el engarce de imágenes múltiples y sorpresivas. Es buena muestra la deliciosa sección dedicada a describir la forma de las letras impresas en minúscula y mayúscula. Las imágenes transmiten la configuración y transformación de la realidad y construyen un cuidado artefacto estético: un nuevo universo.

Sobre el ejemplar que el lector tiene entre manos, decir solamente que reproduce el texto de la primera y única edición hasta ahora (Espasa-Calpe, 1931), con leves correcciones ortográficas y de puntuación. Las notas al pie –más abundantes de lo habitual– buscan aclarar algunos vocablos difíciles o de poco uso, así como especialmente las numerosas alusiones históricas, literarias y mitológicas, para una mejor comprensión del texto.

Juan Herrero Senés

Bibliografía esencial

Doy a continuación unas primeras referencias para aquellos que decidan seguir adentrándose en el universo jarnesiano. Incluyo, por una parte, las ediciones contemporáneas de sus principales textos, y por otra una selección de los estudios en volumen sobre su obra.

Ediciones:

Jarnés, Benjamín, *Locura y muerte de Nadie*, pról. de Joaquín de Entrambasaguas, Barcelona, Planeta, Las Mejores Novelas Contemporáneas (1925-1929), 1965. Otra: ed. de Víctor Fuentes, Stockero, 2007.

_____. *El convidado de papel*, pról. de José-Carlos Mainer, Zaragoza, Guara, 1979.

_____. *Lo rojo y lo azul*, pról. de Francisco Ayala, Zaragoza, Guara, 1980.

_____. *Su línea de fuego*, ed. de Pascual Hernández del Moral y Juan Ramón Torregrosa, Zaragoza, Guara, 1980.

_____. *Sor Patrocinio, la monja de las llagas*, pról. de Ildefonso-Manuel Gil, Barcelona, Círculo de Lectores, 1993.

_____. *Viviana y Merlín*, ed. de Rafael Conte, Madrid, Cátedra, 1994.

_____. *Paula y Paulita*, ed. de Domingo Ródenas, Barcelona, Península, 1997.

_____. *El profesor inútil*, ed. de Domingo Ródenas, Madrid, Espasa Calpe, 1999. Otra: ed. de Francisco Soguero, Zaragoza, Institución Fernando el Católico, 2001.

_____. *Teoría del zumbel*, ed. de Armando Pego Puigbó, Zaragoza, Institución Fernando el Católico, 2000.

_____. *Obra crítica* [comprende *Ejercicios, Rúbricas* y parcialmente *Feria del libro* y *Cartas al Ebro*], ed. de Domingo Ródenas, Zaragoza, Institución Fernando el Católico, 2001.

_____. *Elogio de la impureza. Invenciones e intervenciones* [antología de la producción jarnesiana], ed. de Domingo Ródenas, Madrid, Fundación Santander Central Hispano, 2007.

_____. *Salón de Estío y otras narraciones*, ed. de Juan Herrero Senés y Domingo Ródenas de Moya, Zaragoza, Prensas Universitarias de Zaragoza e Instituto de Estudios Altoaragoneses, col. Larumbe. Clásicos Aragoneses, 20, 2002.

_____. *Epistolario 1919-1939 y Cuadernos íntimos*, ed. de Jordi Gracia y Domingo Ródenas, Madrid, Publicaciones de la Residencia de Estudiantes, 2003.

_____. *Sobre la gracia artística*, pról. de Domingo Ródenas, Sevilla, Renacimiento, 2004.

_____. *Cervantes. Bosquejo biográfico*, pról. de Domingo Ródenas, Sevilla, Renacimiento, col. Biblioteca del Exilio, 1, 2007.

_____. *El aprendiz de brujo*, ed. de Francisco Soguero, Madrid, Residencia de Estudiantes, 2007.

Bibliografía secundaria

Cito únicamente algunos títulos fundamentales para quien quiera adentrarse en el universo jarnesiano:

Bernstein, J.S. *Benjamín Jarnés*. New York: Twayne Publishers, 1972.

Conte, David. *La voluntad de estilo. Una introducción a la lectura de Benjamín Jarnés*, Madrid, Biblioteca Nueva, 2002.

Fuentes, Víctor. *Benjamín Jarnés: Biografía y metaficción*, Zaragoza, Institución Fernando el Católico, 1989.

Gracia García, Jordi. *La pasión fría. Lirismo e ironía en la novela de Benjamín Jarnés*, Zaragoza, Institución Fernando el Católico, 1989.

Jornadas Jarnesianas, Zaragoza, Institución Fernando el Católico, 1989.

Mainer, José Carlos. *Benjamín Jarnés*. Zaragoza: Caja de Ahorros de la Inmaculada de Aragón, 2000.

Martínez Latre, Mª Pilar, *La novela intelectual de Benjamín Jarnés*, Zaragoza, Institución Fernando el Católico, 1979.

Ródenas de Moya, Domingo. 1998. *Los espejos del novelista. Modernismo y autorreferencia en la novela vanguardista española*. Barcelona: Península, 1998.

Zuleta, Emilia de, *Arte y vida en la obra de Benjamín Jarnés*, Madrid, Gredos, 1977.

ESCENAS
JUNTO
A LA
MUERTE

Dedicatoria

A ti, Valentín Andrés Álvarez[1]*, si no padre al menos padrino de* El profesor inútil, *te dedico estas páginas, continuación de aquellas que un día –con la emoción de chicos que van a examinarse– llevamos juntos al aula de José Ortega y Gasset*

---

1   Valentín Andrés Álvarez (1891-1982), escritor de vanguardia y economista, era gran amigo de Jarnés desde la época de mediados de los veinte cuando ambos buscaban hacerse un hueco en el mundillo literario madrileño. Juntos pusieron en marcha la efímera revista *Plural* (1925).

Preludio en una azotea (elegía sin fecha)

En silencio, sigilosamente, *penetro en la azotea, como si no fuese un ladrón que va a robar al mundo lo más insignificante: la cuenta de un collar de vidrio, un grano de arena de la playa, un punto de luz en cualquier nebulosa, mi propia vida.*

Sólo me contemplan los ojillos apagados de tres macetas de pensamientos, la Vía Láctea en pleno, un coro desperdigado de estrellas, otro de cobardes recuerdos azorados, el menudo escuadrón de los imperativos éticos que acuden a preguntarme:

—Insignificante opositor número 7: ¿A qué vienes aquí, a esta huraña tribuna desde donde los rebeldes, junto al patíbulo, insultan al Universo?

Me acerco, temblando, al borde del pretil²; ya entre la nada y yo apenas hay unos ladrillos; me rodean unos edificios encapuchados que las tinieblas acaban de uniformar para asistir a este sencillo espectáculo en que un poco de materia trémula rodará por ahí, sin gracia, caerá sobre losas que protestarán del intruso con un gemido seco, producirá un corro y una gacetilla...

Me asomo... ¿Y estos alambres que harían de mí un guiñapo electrocutado? ¿Y esos amantes cuyo beso mutilaría ferozmente mi caída? ¿Y...?

---

2   Pretil: pequeño muro para preservar de las caídas.

El brazo me atenaza, me arrastra brutalmente; vuelco una maceta: desaparecen los ojillos apagados bajo un montón de tierra; me siento mortalmente sacudido por las manos de este verdugo que me condena a vivir.

—¡Imbécil! ¿Qué ibas a hacer?

Abajo, los negros asistentes se van desembozando, levantan la cabeza, se miran unos a otros preguntándose por qué se suspende la ejecución.

—Tienes fiebre. Baja a acostarte.

La ciudad va arrojando sus capuchones de niebla; algunos techos se desgajan; algunos muros se iluminan, transparecen; como ante la llegada de un indulto, la ciudad se cree obligada a mostrarme su alegría.

Quisiera asomarme otra vez, para ver cómo desfila mi cortejo fracasado de sombras.

—¿Qué vas a hacer?

—Quiero respirar un poco.

—La noche está fría... Te acompañaré.

El opositor número 43 me contempla receloso, tierno poco después, cuando mi congoja se le va derritiendo entre sus brazos. Me preguntan sus ojos, me sujetan siempre sus manos. Abajo sigue la noche haciendo girar sus muñecos.

Es, a saber:

El viejo Fausto, curvado sobre sus pergaminos resecos donde persigue el último guiño de una fórmula para resolver la cuadratura del círculo[3]*; el estudiante, que se engulle las lecciones de un programa que nunca han de salirle en los exámenes; la mujer de todos —a quien nadie quiere—, saliendo por séptima vez al paso de un transeúnte sin dinero; la macilenta modistilla, que no acaba de coser el traje de boda para una*

---

[3] Fausto era un científico que proclamaba haber vendido su alma al diablo para alcanzar la sabiduría; su historia ha sido contada en múltiples ficciones, de las que sobresale el poema dramático (1808) de Goethe.

mujer cuyo novio es impotente; el poeta, que al fin encuentra el último ripio de una oda; el avaro, que repasa —enfurecido— los asientos mal hechos de un libro de caja; la madre, que cuida a un hijo enfermo para que ingrese más tarde en el gremio de espadistas; el fraile...

—¿Por qué ibas a hacer eso?

El fraile, que acude refunfuñando al coro donde cada nocturno de maitines se frustra en un versículo voluptuoso del Canticum Canticorum[4]; *el moribundo, rodeado de lacrimosos herederos que muy pronto han de profanar, con sus queridas, esta misma alcoba, esta misma cama; la fracasada del amor, insome, jadeante, que se siente violar por un descomunal espectro; el sibarita, prolongando la cena bajo los muslos de una muchacha que tenazmente le acaricia el talonario; el soñador, que desde su ventana de desván, persiste en contemplar a Andrómeda; la mimada actriz que recibe el homenaje viscoso de un viejo director de banco; la cándida novia...*

—Cuéntame...

La cándida novia, que se retuerce entre las sábanas preguntando al reloj cuántas horas faltan para recibir el primer beso de un canalla; el ladrón, que se desliza por pasillos de hotel para robar una cartera repleta de cartas amorosas; el anarquista, que prepara su bomba para asesinar mañana a dos infelices soldados de una escolta real; el hombre pálido que, frente a una taza de café, prepara el miserable artículo que ha de derribar, en vez de a un ministro, a un insignificante gobernador civil; el cobarde vagabundo, que se duerme en el quicio de un banco, después de pedir limosna a un obrero; el despavorido centinela de una cárcel, que aguarda la evasión de un futuro presidente de República.

---

4   *El cantar de los cantares* es un libro de la Biblia donde se narra con tono acendradamente amoroso la historia de dos amantes que se buscan ávidamente.

—¿Por qué haces eso?

Y, más allá, unos labriegos que uncen sus bueyes antes del alba para poder pagar un impuesto; una iglesuca donde la lámpara ritual arde ante un copón en que se han agotado las hostias; una aldeana que, entre aullidos de dolor, está dando a luz a un cretino; un patrono, que inspecciona los turnos de noche en una fábrica que antes de un mes ha de invadir el comunismo...

—Dime.

¿Para qué? Los muros son transparentes. La ciudad —como siempre que un diablejo lo quiere— alza sus coberteras, ofrece lo poco que tiene, la miserable vida que rebulle en las cápsulas de cemento. Miserable, pero siempre divertida. ¿Por qué el opositor numero 43 insiste en conocer este otro espectáculo, el de mi pobre vida?

Quiere levantarme la tapa de los sesos; contemplar allí, enternecido, el proceso nervioso de mi reciente capítulo de historia; mi último abrazo a Isabel Crespo, mi última noche con Ruth, mi escena con Álvaro de Ataide, mi hallazgo del verdugo...

¿Para qué?

Todo eso —estas escenas— aconteció hace unos siglos, en un tiempo sin fecha, porque las gomas del año se me habían alargado tanto que ya no podrán jamás servirme de unidad de medida. No sé. Apenas recuerdo nada exacto.

Sólo recuerdo que yo entonces no tenía contornos; que en vano me paseaba a tientas por entre muros blandos, movedizos, desmoronables, de algo que creía mazmorra, como lo cree un monje; sólo sé que entre el mundo y mis ojos sin itinerario fijo, entre el mundo y las yemas torpes de mis dedos apenas había telarañas, harapos de niebla, bruma de algún río olvidado por la geografía, de conceptos nunca expresados por ningún filósofo: humo de alguna máquina que vino arrastrando hacia estaciones sin rótulo mi nebulosa fugitiva.

¡Cómo salir de mí, si nunca había entrado!

Rodaba por la tierra como un astro en germen. Era un caos, no una forma.

Las demás estrellas —indiferentes— cruzaban sus rayos a través de mi substancia sin tabiques; cualquier mano curiosa fracasaba al querer tentarme el esqueleto; cualquier lengua impertinente podía herirme sin hallar la respuesta; yo mismo nunca pude hallarla, porque en mí no rebotó nunca la pelota de una afirmación, se hundía entre algodones. Mi misma voz se apagaba al querer formular cualquier deseo, se me hundían los pies, todo yo, en dóciles arenas.

Era una esponja sin ecos, donde el agua y la cal corrían flojamente, sin prisa por ser estalagmitas; no encontraba una celda para esconder mi pobre desnudez sin perfiles, y andaba errante, mudo, mientras las cosas y los hombres se cribaban en mí, dejándome alguna crispación súbita, como en una membrana de timbal el picotazo de un ave.

Lo que pudiese contar —lo que voy a contaros— es algo tan dudoso como hallar en la superficie del agua la primera burbuja que infló al caer huyendo de las manos de un niño una rana azorada, un trasatlántico de papel, un corazón de manzana.

Porque entonces la historia del mundo y mi historia no admitían rangos; eran para mí la misma cosa una guerra mundial, la angustia de un ruiseñor afónico, la muerte de un papa, el silencio de un recental[5] en marcha al matadero, una

---

5   Recental: cordero de leche, que aún no ha pastado.

catástrofe ferroviaria, el pasmo de un golfillo parado al borde de un escaparate de dulces.

Las cosas, los fenómenos, al pasar por mí ya no tenían dimensiones; eran copos de nube o latidos de pájaros o vibraciones de arpa.

El as, el tres y el rey eran la misma cosa en mi baraja; sólo había un azar en aquel juego, y yo andaba siempre tropezando por entre bazas muertas, dentro de mi bruma, sin rasgar nunca la salida.

Aquel tiempo sin fecha, aquellos lugares sin clima, produjeron en mí una vida sin contorno, rodeada de seres sin forma, de hombres sin definición; no podía encontrar la médula de nadie, ni su fórmula exacta, la física y la química de su carne y de su espíritu.

Los hombres se me escondían bajo un guiño brutal; las mujeres, tras un mohín granate, en la curva de un seno, en el caliente musgo de un nido.

Yo no tenía tiempo, porque vivía al margen de él. Sólo tenía espacio, el viejo espacio sin confines. En el principio fue la incoherencia.

—Cálmate. ¿Y después?

La gran tragedia comenzó con el hallazgo de mis límites... Un día sentí el horror de verme encarcelado en la célula de piedra de mi inexorable definición. Iba lentamente endureciéndome.

Cada idea era una costra, cada opinión tendía a ensancharse, a forjar córneas epidermis, cada amor cegaba a mi vehemencia nuevas direcciones, creaba desfiladeros, angosturas.

Quise romper la célula, abrir los muros, arrojar por la ventana este puñado de nieblas que se había refugiado conmigo, que me habían tocado en el reparto, que me petrificaban los pies, las manos, que iban endureciéndome, afilándome, definiéndome.

Porque, de pronto, me vi separado de la nube. La nube estaba frente a mí; era ya el otro: EL OTRO. Huraño, hostil, contemplándome como el sol contempla a un despreciable asteroide, estaba ÉL.

Un día lo supe. Conocí el sentido de mi vida, mi nombre verdadero, mi flecha en el indiferente carrusel, el color de mi bandera, el timbre de mi grito. Y caí horrorizado, aniquilado.

Y sobre este horror, sobre este pánico, instalé mi alegría –frágil cucaña[6]– para poder refugiarme en ella.

Entre ÉL y yo se alzarían ya siempre haces altos de metáforas que me esconderían su rostro; que ocultarían a sus ojos mi desnudez de piedra.

Porque, un día, acabé por sentirme ya definitivamente frío, por conocer el horror de haberme desgajado de la trémula nebulosa, de ser aquello, y sólo aquello, que no quiero decirte.

Algo frío, cruel, ausente, confinado, para quien las vidas son un abanico de cartas que arroja desdeñoso sobre el tapete neutral; para quien toda la historia, tuya sólo o del mundo, es un juego de niños, es una gota de mercurio que resbala por mi piel como por una mesa de clínica.

Cuando un día pretendí asomarme a contemplar la tortura de un alma, volví la cabeza horrorizado de que no me horrorizase. Porque allí sólo pude ver una curva graciosa, un frunce dolorido imitado de Niobe[7].

SÓLO VEÍA SU BELLEZA, su espantosa belleza, todo lo demás se me escapaba avergonzado. Ya no podía asomarme al dolor de los otros; tenía que esconderme bajo máscaras de tristeza,

---

6   *Cucaña*: palo resbaloso por el que se ha de trepar para alcanzar un premio.

7   Según la mitología griega, Níobe se vanagloriaba tanto de sus hijos públicamente, que los dioses asesinaron la mayoría de ellos. Cuando descubrió los cadáveres, la intensidad de su dolor hizo a Níobe quedarse petrificada.

huir de todo, aun de lo más cruel, para no gozarlo, entre mis límites.

Soy eso, eso tan vil, que en medio del desierto erizado de osamentas, levanta una copa de champaña para brindar por el triunfo de cualquier despreciable choque de palabras acurrucadas al calor de un mezquino pensamiento.

Mis viejos días, vellones de ceniza, espuma y niebla, se me han ido cuajando, hechos rosas de mármol, alrededor del pecho.

Padezco el horror de no poder ya asomarme, porque ahí fuera está ya siempre EL OTRO, y con ÉL el dolor que expulsa las metáforas, como desvanece el viento las hojas de los lirios; porque ahí fuera está la llaga que no tolera arrullos de pétalos sonoros, sino calor de blandos algodones...

—Sigue.

Cierto día —¿quién no lo sabe?— un filósofo quería desterrarnos, arrojarnos del mundo,[8] porque somos para el mundo su levadura de granizo; porque, en vez de esponjar la tierra, acribillamos las hojas, guillotinamos los tallos, segamos las gargantas de la vida.

Yo quise huir de tanto horror.

Quise huir de mí mismo; pero hoy, como siempre, he fracasado.

Quise dejar al borde de la vida —para que ella, fluyendo, riendo, se burle de él— mi esqueleto.

---

8   Jarnés alude a Platón, quien en su obra La República expulsa a los poetas de la ciudad ideal por su manipulación literaria de la verdad.

*Acudió Leila a las voces de su amante, el
poeta Cáis, que la llamaba a gritos —¡Leila,
Leila!—, mientras cogía el hielo con las manos
y se lo aplicaba a su pecho y lo fundía, con el
calor de su corazón. Viéndole en tal estado, le
saludó y le dijo.*

*—¡Yo soy la que buscas, yo la que deseas, yo
soy tu amada, yo el paño de lágrimas de tus
ojos, yo soy Leila!*

Pero Cáis, volviéndose hacia ella, exclamó:

*—Márchate de mi presencia, pues el amor
que te tengo me preocupa demasiado para que
me ocupe de ti.*

Abenarabi de Murcia[9]

---

9   Ibn Arabi (1165-1240) nació en Murcia y está considerado uno de los místicos sufís más importantes de todos los tiempos, autor de más de dos-
cientas obras donde destacan *Las revelaciones de la Meca* y *Los engarces de
la sabiduría*.

I
Juno
(Edad antigua)

Sigue —aturdida— deslizándose la pluma: «Pero Guillén de Sevilla, nacido en Segovia, en Segovia, en Segovia...» ¡No! «Pero Guillén de Segovia, nacido en Sevilla, en Sevilla, en 141341313333...»[10]

Caracolea alrededor de una frase, se detiene al borde de una sima donde caen, como guijarros, los puntos suspensivos; azorada, sin fluido ya para nuevos engarces de sílabas, perdida la caravana en medio del desierto de cal, flojo el pulso, a punto de cortarse el último cable nervioso. Pero la pluma —insensata— sigue apretujando cifras, letras, cifras, letras.

Alguna incoherente irrupción de fluido, débiles tintineos de campanillas interiores, lejanos timbres de alarma, invitan a recuperar el juicio a estos dedos caídos de bruces sobre una fecha, junto al borrón elipsoide, erizado, tentacular, deforme estrella de carbón en medio de sus cinco satélites geométricos, perfectos, apagados también, todo un firmamento apagado que surge bajo la pluma sin freno.

Un campanillazo más rudo, y mis dedos se disponen a rectificar, adormilados, este cielo de cal, donde vagabundean estrellas difuntas: «...en Sevilla, en 1413. Tradujo

---

10   El opositor número 7 intenta escribir sobre Pero Guillén de Segovia (1413-1474) un poeta español efectivamente nacido en Sevilla y autor, entre otras obras, de una version de los *Siete salmos penitenciales* y un diccionario de rima.

en verso los salmos penitenciales...» Mala, mala contrición la suya, la de todos los que se arrepienten en verso. Prosa, prosa agustiniana salpicada no de tropos, sino de lágrimas, de ceniza.[11]

¿Los salmos penitenciales? Sí. *Domine exaudi orationem meam... Nolite fieri sicut equus et mulus...* (Cautela. No convertirse en bestia de carga, erudito.) Y *brincarán de gozo los huesos humillados... Renueva, Señor, en mis entrañas, un espíritu de ordenación... Spiritum rectum... Ossa humiliata... Exultabunt ossa humiliata.*[12]

De modo que estos pobres huesos míos, hoy abrumados, desplomados sobre el surco, brincarán jubilosamente sobre el tiempo, rasgarán espacios nuevos, treparán a altas cumbres. ¡En pie el esqueleto, limpio de su inútil pompa animal, dura, barroca, regocijada geometría!

Exultabunt. Iniciarán la danza famosa estos huesos ya libres, no envueltos en su sábana espectral, sino desnudos, perfilados, con la gran carcajada entre sus dientes, con toda su estructura bruñida, arrancados para siempre los deseos oscuros, las vehemencias turbias, todo lo mudable en el espacio y en el tiempo. ¡Puro mineral que ríe! ¡Formas puras que brincan, gozosas de verse fuera de su vil estuche! ¡Pobres huesos hoy humillados, ocultos bajo lo insensato y lo triste!

«Tradujo en verso los salmos penitencialestencialestenciales...» Los negros asteroides resbalan por su cielo congelado. La nariz acude bruscamente a detener uno perfecto, redondo como un impacto, que se le graba en la punta, geométricamente... ¿A qué suena el campanillazo? Sacudida nerviosa impertinente. El impacto negro de la

---

11   Jarnés alude a las *Confesiones* (escritas entre el 397-400 de nuestra era) de Agustín de Hipona (354-435), donde el autor confiesa los errores cometidos en su vida hasta la conversión al cristianismo.

12   Como salmos penitenciales o de confesión se conocen los salmos 6, 32, 38, 51, 102, 130 y 143 del libro del Salterio, incluido en el Antiguo Testamento. Jarnés alude a versículos de varios de ellos.

nariz provoca la crispación de esta campanita roja, pintada de rojo, como ayer, como otras tardes. ¡Juno!

No es cal, es marfil. Su risa la filtra un granito pietro, desdeñoso, petrificado ya ante mis ojos despavoridos. ¡Juno! Látigo que diariamente azuza mis dedos fatigados, que me encabrita el pulso, que barre de mis ojos la neblina. Ante ella mis ideas se acurrucan, se agazapan; sólo queda en pie alguna pobre metáfora, algún residuo de verso, escorias de algún viejo madrigal...

No cesan de crujir los huesos, ya incapaces de afirmarse verticalmente; las vísceras no pueden recobrar su espíritu de ordenación. Los salmos insinúan inútilmente imágenes tras imágenes sobre el cielo de cal. Una mujer está aquí, entumeciendo con la mirada lo mismo que quema con los ojos. El mismo tomo de patología entre ella y yo –el opositor número 7–. El mismo perfume de acacia volando sobre el pupitre. Pero hoy tiene su libro cerrado. No estudia, escribe. Debe de ser una carta de amor, porque su vehemencia cambia de ritmo a cada minuto. Se precipita, se detiene, galopa, se quiebra súbitamente. Una carta de amor que va a consumir siete pliegos. Uno lo rompió en la primera palabra. (Es difícil escoger entre *querido, estimado, apreciable, adorado...* Por fin, habrá elegido el nombre enjuto, sin almíbar.) Otro pliego lo rompió al terminar la primera línea, dos en la mitad de la segunda carilla, el quinto al terminar la tercera, el sexto después de firmar. (Es difícil escoger la fórmula exacta de despedida. *¿Mimosa, adusta, cómica, enérgica, dulce?*)

Un enfado de amantes agota la provisión más abundante de papel timbrado, casi tanto como agota las caricias una reconciliación. Mientras no se logra la fórmula del pacto, es preciso ir ensayando matices, bajar, subir la temperatura, graduar bien la escala de los epítetos, de promesas, de sombras, de luz. La pasión lo mixtifica todo. Es dócil, acre, violenta, dulce... (Desmayarse, atreverse, estar furioso.) Lo difícil es hallar la fórmula exacta... (Áspero, tierno, liberal, esquivo.) Fijar el punto de fusión de cada elemento... (Alentado, mortal, difunto, vivo.) El coeficiente de ductibilidad (Leal, traidor, cobarde y animoso.) De conductibilidad... (Mostrarse alegre, triste, humilde, altivo.) Acaso Juno conoce, por el texto, todos los fenómenos externos del amor. (Enojado, valiente, fugitivo.) ¿Conocerá seguramente el mundo freudiano, el mundo platónico, el trasmundo?... (Beber veneno por licor suave.) Pero, ¿y el soneto de Lope? ¿Conocerá el soneto de Lope?[13]

Al séptimo pliego escribe ya serenamente. El pulso lleva un compás juicioso, bien medido. De pronto se detiene y mira al techo. Debe de abrirse allá arriba algún tratado de dialéctica del amor, aunque yo sólo veo allí la claraboya.

Titubea. Por fin le hablará del clima, de las últimas borrascas, de menudas enfermedades. Podrá describirlas minuciosamente, síntoma a síntoma, fase a fase, no como los ingenuos poetas que nunca localizan el foco morboso, limitándose al vago ademán[14] de llevarse las manos al pecho. Juno conoce exactamente la topografía interior de sus entrañas, los misteriosos cauces por donde la vida gozosamente se transmite, la función más oculta de cada músculo en el arte de amar... Sabe dónde nacen las lágrimas, cómo se produce la risa. Conoce las fuentes del llanto y de la car-

---

13   Alusión al soneto de Lope de Vega (1562-1635) «Desmayarse, atreverse...» de donde Jarnés extrae las series de adjetivos y el verso que pone entre paréntesis en este párrafo, como ejemplo de las múltiples emociones que suscita el amor.

14   Corrijo por «ademán» un «además» que no concuerda con la lectura.

cajada. Puede señalar la fibra, la meninge, la válvula, la ruececilla del aparato que le duele.

Vuelve a mirarme; quizá realiza en esta cara traída aquí al azar una experiencia. Podré servirle de muestrario. Distinguirá en ella el zigomático mayor del zigomático menor, el esternocleidohioideo del esternocleidomastoideo.[15]

«Tradujo en verso los *Salmos penitenciales*. Hombre poco afortunado...»

Y si se trata de patología sexual, Juno utilizará siempre la frase más limpia de tropos. Desdeñará esos turbios circunloquios que se aprenden en la impura ciencia de los místicos. Su casuística está limpia de impudor. Sería delicioso gozar de una amante así, que nos dijese taxativamente:

—Siento un comienzo de artritis en el tendón del poplíteo.[16]

Sigue Juno contemplando mis ojos. Sólo verá en ellos, a través de los lentes, un caso trivial de presbicia, perfectamente clasificable por los grados de relajamiento de algún músculo[17]. Unos pobres ojos de 3,50 dioptrias, sin otra valoración que esta tan insignificante de las cifras de una fatiga.

O podrá fijar con gran exactitud las relaciones entre el corazón y el sexo. Lo sencillo de la función cardíaca: filtrar la sangre, reexpedirla bien expurgada de materias de contrabando, realizar, en suma, las funciones de un buen jefe de negociado de transportes. Y lo complicado de la acción del sexo, que se entromete en los más menudos episodios vitales. Lo turbio de sus confines.

---

15   Iuno estudia patología y quizá use al opositor para reconocer los distintos músculos aquí aludidos, dos que forman la mejilla (los zigomáticos) y dos en torno a la zona del cuello y los hombros.

16   El *poplíteo* es un músculo de la pierna, situado en la parte posterior de la rodilla.

17   La *presbicia*, conocida comúnmente como «vista cansada», consiste en la disminución de la facultad del ojo para enfocar los objetos.

Ahora debe pensar en algo que no se atreve a escribir. Se la ve ruborizarse. (Rubor: cierta enfermedad de la piel, mal definida por la patología.) Acaso necesita un suplemento psiquiátrico, y ella tal vez no llegó a esa asignatura. Interrumpe la carta, suspende su gran obra de la tarde y se entrega a livianas operaciones de entreacto.

Mira su relojito de pulsera. La correílla de cuero le parte en dos el tallo rosa de la mano, flor destrenzada, de dedos finos, redondos, que ahora construyen una suave pantalla para los ojos. A través de ellos ha visto que la miro. Se acomoda el dije de la cadena de oro que lleva colgada al cuello. Se alza un poco la seda que resbala por un hombro...

«Hombre poco afortunado. Fue protegido por D. Álvaro de Luna, que murió en el cadalso...»

Otra vez se le desnuda el hombro. Ahora es el izquierdo. Hay cierto pugilato entre los dos. Me complace ver esos centímetros de piel tersa, redonda. Me deleita seguir esas curvas que nacen en el lóbulo de la oreja, pasan por el cuello y los hombros y se pierden en el seno y en los brazos. Se reparten al fin en los cinco dedos que ahora me filtran la luz azul de sus ojos.

¿Por qué no seguir el contorno de cada dedo? Cada uno goza de su gracioso dibujo, de su distinta personalidad. Cinco hermanos, pero ninguno gemelo. He aquí sus actividades:

El índice se yergue, envanecido, apuntando a la frente: es el dedo de la exactitud. El del corazón, el dedo sentimental, largirucho, encogido, sin garbo alguno, divaga como un romántico en perpetua indecisión. El anular mantiene ahora el peso del arco de la ceja, muy atento a su modesta función de soporte: es el mozo de cuerda de la mano, donde se cuelgan todas las baratijas. El meñique, siempre infantil, se empina por alcanzar la ceja para ayudar a su hermano mayor, es el niño inútil que quiere disculpar su ociosidad. Y el pulgar, dedo romo, dedo impar, a quien una mala distribución ha mutilado sus falanges; dedo ausente cuando no se trata de funciones de artesano, que refunfuña si la mano se entrega a subrayar gestos faciales.

Al fin el meñique encuentra su tarea. Tropieza con un cómplice, un caracolillo rubio que peregrina por la frente de Juno. Es el más revoltoso, y los dos se lanzan a un juego frenético que alborota al resto de caracolillos rubios. Todos se convierten en anzuelos de mi atención. Anillos donde enganchar mis deseos, viborillas que se chupan el tiempo. Musgo donde se enreda el sol. Doselillo barroco del pensamiento.

«Fue protegido por D. Álvaro de Luna, que murió en el cadalso. Fue tesorero del arzobispo Carrillo, gran alquimista...»

Quedó desnuda la clavícula y el arranque del brazo, un brazo tan suave, de quien ella conoce todas las venas, todas las articulaciones, todos los músculos; de quien yo sólo conozco ese poco de epidermis tan capaz de hacer olvidar el complicado atadijo de madejas coloradas que recubre.

El estudiante vecino olvida también su papeleta y comienza a seguir con atención las pequeñas maniobras de Juno. Son ya dos frentes que cubrir. Juno... ¿Por qué llamarla Juno? Es que se reveló con un gesto de soberbia, y para todos los vicios hay una diosa tutelar, como hay para todas las virtudes una santa.

Ahora vuelve desdeñosa, arrogante, la cabeza para mirar a cualquier parte. De su oreja, invisible entre los rizos oxigenados, cuelga una bolita de plata. Levanta el brazo para sujetarse no sé qué en el pelo. No conozco el fin, pero seguiré cuidadosamente toda la ruta.

El brazo diseña un ritmo y una línea inútiles. De seguro se movió sólo por el placer de crear un movimiento.

Al otro lado hay un viejo sacerdote, sorprendido al verse objeto de las miradas inesperadas de Juno. Juno vuelve a la normalidad. Abre su tomo de patología y se sumerge en el estudio, despreciando todas las miradas. Al inclinar la cabeza, escamotea su boca, su fina barbilla, sus ojos. Apenas se ve el escorzo de su nariz enfilada hacia el volumen. Sólo unos tenues hilos de pestañas, y el relieve piramidal que me esconde el rojo resorte de los besos.

Su boca es menuda, como para estilizarlos. Allí se harán pequeñitos, lindas, electricas oes grana, guiños de púrpura entre dos manzanas. Ya en mi sólo provoca imágenes frutales.

Estudia unos minutos y vuelve a alzar la cabeza. Habrá aprendido a conocer la palidez de una arteria o la aridez de una glándula. O estará aprendiendo cómo los músculos obreros trabajan afanosamente para hacer más expresivo el rostro. O cómo la calculadora maquinita del corazón remesa a las puntas de los dedos su porción exacta de sangre. Maquinita registradora que distribuye juiciosamente sus reservas de combustible, burlándose del cerebro, niño loco, aturdido derrochador de su hacienda, capaz de cambiar ciegamente sus monedas de oro por una trivial y manoseada pieza de cobre, si en ella hay grabado un busto de mujer.

Juno se mueve lentamente, por miedo a descomponer las líneas reposadas de sus hombros y de sus brazos, el sereno perfil de su cuello desnudo, un poco largo, que me hace pensar en una voluptuosa argolla de manos apasionadas. Se adivina que estudia cada gesto y luego lo realiza según un módulo de sabia coquetería. O acaso petrifica algunos ademanes, por fijarlos plásticamente en mi retina, con excesiva fruición. Pierden vitalidad por seguir clásicas pautas.

La gubia[18] interna se fatiga, se detiene en un punto frío. Es muy difícil ensayar actitudes serenas cuando aún no se es estatua.

«Escribió la *Silva copiosísima de consonantes para alivio de trovadores*, una suerte de diccionario de la rima...»

De nuevo comienza a escribir. Cuando la tinta le salpica los dedos, con un pedacito de papel secante restaña las heriditas negras. Esta carta es muy breve. Ya se escucha el ruidillo ondulante de la rúbrica. Debe de tener tres enlaces, tres signos de infinito, sujetos por una prieta lazada.[19]

Sigue escribiendo. Deben de ser las señas. O una postdata. Se detiene, y, al fin, escribe una sola palabra. Debe de ser «adiós» o «vale». Después mira en torno para ir renovando perfiles.

Cualquier pequeño suceso le sirve de coyuntura. Un mozo trae un gran paquete de *Gacetas*. Un camarero pasa con una bandeja. Un bibliotecario repasa su abanico de papeletas de petición. Juno vuelve su cabeza para mirar a

---

18 Una *gubia* es un instrumento de carpintero para modelar formas curvas.
19 Una *lazada* es una cinta de cuerda.

todos los recién llegados. Un joven le sorprende la mirada, y ambos se saludan con una sonrisa. Conozco a ese joven, y ahora mismo iría a preguntarle por su amiga, pero temo, temo siempre, delatarme tan pronto.

El Ateneo se llena de pequeñas anécdotas que van creando la mirada de Juno. Cada una está al fin de una mirada. Ese joven que pretende horadar con la nariz el tomo de enciclopedia que está consultando, queda dormido al mirarlo Juno. El ratoncillo se pasea por la claraboya del techo, salió de su escondite al alzar Juno los ojos. La mosca prendida en esa telaraña colgada bajo un estante fue empujada a su suplicio por los ojos de Juno. Yo —opositor número 7— no sabía que en una biblioteca de Ateneo pudiesen acaecer tantos sucesos: las pupilas azules van subrayando, incesantemente, pequeños orbes nuevos con sus catástrofes, sus dichas, sus bellezas, sus ruindades.

Ahora las pupilas de Juno presiden imperturbables un concierto, el concierto de las plumas arando el papel, alegres gañanes de la cuartilla. Aquí está el viejo de la lupa que recorre trabajosamente la página, la línea, palabra por palabra, como esos trenes mixtos que se detienen media hora en cada estación. Debía limitarse a contemplar viñetas. Cerca de él un muchacho se prende en el cerebro mariposas filosóficas. Entra la anciana revolucionaria que tiene nombre de flor. Pide, risueña, un libro y se sienta a gozar de panoramas futuristas, llenos de opulentas palabras con mayúscula: Amor, Piedad, Libertad... Un periodista redacta una ampliación de suceso. Llegan nuevos jóvenes a suscribir nuevos pedidos de libros, citas efímeras a la antigüedad, a la ciencia, al arte de hoy.

El reloj sigue marcando a un mismo tiempo todas las horas. Para el viejo que lee revistas, el tiempo retrocede de mes en mes. Para el reportero a quien aguarda la linotipia, el día avanza de edición en edición. Para el erudito retrocede de siglo en siglo. Para la anciana feminista, avanza de Internacional en Internacional. Para el estudiante, de curso en curso. Para mí transcurre de mirada en mirada de Juno.

Para Juno se detiene, se posa unos instantes en cada gesto...

«... de diccionario de rima. En el *Cancionero* general figura una traducción de los siete salmos...»

Lo imprevisto:

Juno se levanta para marchar. ¿Por qué creer estúpidamente que hoy Juno iba a quedarse allí, ante el pupitre? Se envuelve en un abrigo blanco. Se sumerge en la onda de un forro azul, como en un acuario. Es preciso rechazar todas las acreditadas metáforas de nereidas y serpientes —su traje es negro, tornasolado—, y atenerse a contemplar un trozo inédito de espalda desnuda.

Juno sale, dejándome olvidado en este remolino de pequeños sucesos que lentamente se borran de los pupitres, de los estantes, del techo. Minutos después sólo queda allí una cuartilla emborronada, donde en vano se pretende reproducir el gesto inútil creado por el desdén de Juno.

La arena se hunde, se hunde; voy descendiendo penosamente hasta el fondo de la tierra. Quisiera alzar los brazos, agarrarme a una lancha perdida, al cordel de ese vendedor de globos, al puño de un paraguas; pero no encuentro nada a mi alcance, y, ya vencido, me dejo engullir, náufrago absoluto, por el diván.

La sombra pasa por encima de mi cuerpo, lo deja sepultado, oscuro, borroso, inerte; la sombra cruza sobre unos despojos, los contempla un momento y se desliza por un pasillo, mientras yo voy rectificando mis propias dimensiones. Ahora recorro la tercera, en fuga de toda superficie, hacia la hondura esencial, sin planos, sin tiempo. Al fin doy con mi última mazmorra, donde están encerrados los reyes godos de mi infancia.[20]

Se despiertan sobresaltados, me rodean, me acosan a preguntas: Wamba me roza las mejillas con su áspera barba; Rodrigo me reprocha no conocer minuciosamente la aventura de Florinda, no conocer las verdaderas dimensiones de la piscina donde la amante le ofreció el seno izquierdo.

---

20 En sueños, el opositor se siente visitado por dos reyes visigodos: Wamba
    (?-688), y don Rodrigo (rey entre el 710 y el 711). Este último, según la le-
    yenda, sedujo a la joven Florinda, la hija de Don Julián, Conde de Ceuta,
    mientras ésta se bañaba desnuda en la ribera del río Tajo; lo que provocó
    que don Julián se aliara con los musulmanes para derrotar a don Rodrigo
    y vengarse. La leyenda se narra en el «Romance nuevamente rehecho de
    la fatal desenvoltura de la Cava Florida», recuperado por Ramón Me-
    néndez Pidal.

—No sabéis nada de nosotros. Ni de Florinda, ni de mí, ni de Julián. Sólo escucháis a cuatro analfabetos saltimbanquis, a los juglares.

Me ahogo. Quisiera reprochar a Rodrigo que su historia no nos la contó un juglar, sino un muy honesto académico; que él mismo no recuerda por dónde le comían las sabandijas del tonel; pero llega un oso que acaba de devorar el pie derecho de Favila y le tiende la zarpa[21]. Me encojo, azorado; él se acerca, deja caer la zarpa en uno de mis hombros...

—¡Buena siesta!

No abro los ojos, no puedo abrir los ojos. Dejo marchar al oso sin protesta. La zarpa no llegó a clavárseme en el brazo, y todo vuelve a quedar en silencio.

He flotado un poco sobre la playa; pero ya vuelvo a perder en peso, ya vuelvo a hundirme en el corazón de la tierra. Hay un espectro que me lanza, al pasar, el balón de su propia cabeza... La reconozco bien: es la de D. Álvaro de Luna, que me mira tristemente; pero la cabeza pesa tanto que vuelvo a lanzarla, la veo caer en manos de Pero Guillén, que le da un beso en la frente y la entrega al arzobispo Carrillo para que rece un responso sobre los restos del que acaban de ajusticiar.[22]

Y todo va quedando negro, de un negro profundo, como de paños tumulares orlados de rojo, de sangre... *Ossa humiliata...* ¡Los huesos, los huesos en pie! Y otros paños negros, orlados de amarillo, que va rasgando suavemente la rubia Aurora hasta dejar la arena empapada de luz.

De nuevo, siempre tendido en la arena, llena de sol, de un sol rectangular partido en varios trozos, mecido por un

---

21 Favila (?-739) fue el segundo rey de Asturias y murió prematuramente, según cuenta la leyenda, en el enfrentamiento con un oso.

22 El arzobispo Alfonso Carrillo de Acuña (1410-1482), de gran poder en la corte castellana, participó en el juicio amañado donde se condenó al noble Álvaro de Luna (1390-1453) a morir decapitado, como manera de eliminar su influencia política en la corte.

latido extraño que sube del corazón de la playa, absorto ante la aparición de la rubia Aurora, de rosados dedos, ahora tendidos hacia una silueta blanca que va empujando las sombras.

—¿Quién te hace las manos?

Es ella. Es Juno. Ha venido deslizándose por la arena hasta rozar los dedos de la rubia Aurora. Viene desnuda, recién perfumada, a contar a su amiga chismes del Olimpo. Por sus redondos brazos, por los muslos tersos resbalan gotas de carmín que se van apiñando en los codos, en las rodillas. De pronto asoma la visera de un casco sobre los ojos de la rubia Aurora.

—¡Ese imbécil!

¿Hablan de Paris que no les otorgó la manzana?[23]

—Lo encontré con una... con una muy redondita, recién salida del rastrojo. ¡Una labriega!

Paris no le entregó la manzana. Rechazó a Minerva y a Juno. Escogió a la agreste Afrodita.

Ríen descompasadamente la rubia Minerva y la altiva Juno. Pero la risa de Juno es más nerviosa. Es la reina del Olimpo, que siempre tuvo mala suerte. Paris se escapa con Afrodita, de color de trigo.

—Dice por ahí que no me sé pintar, ¡ese mamarracho!

Juno, irritada, utiliza el dialecto de los soldados de Troya; mientras se mira el ombligo, teñido desaforadamente de carmín. Se va recorriendo sus miembros envarados por su perenne actitud divina. Algunas articulaciones desobedecen al primer deseo de sentarse. Juno está construída para solas posturas académicas.

—Te convido a merendar.

Van a sentarse. Yo emerjo suavemente de la arena, y

---

23   Según la mitología griega, Zeus escogió al príncipe de Troya Paris, un mortal, como juez que determinara quién era la diosa más hermosa del Olimpo, asignando un trofeo de una manzana de oro. Participaron Juno, esposa de Zeus, Minerva, la diosa de la inteligencia, y Afrodita, la diosa del amor. Esta última obtuvo el triunfo, lo que provocó la ira de las otras participantes.

me asomo a contemplar a las dos amigas. Juno se da cuenta de la presencia de un testigo, pero nada dice a su amiga, que se sienta de espaldas. Juno, con su habitual petulancia, me ve asomar la cabeza y vuelve la suya, displicente. Cruza las piernas y tiende los brazos paralelamente a los de la butaca, para no ocultar ninguna de sus gracias mal pintadas. Lleva empapadas las puntas de los senos de un rabioso cereza.

En vano intento seguir envuelto en mi ola de arena. Un crujido de los muelles atrae hacia ella las miradas de la rubia Aurora.

—¿Estabas ahí?

¿Cómo decirle que acabo de asistir a la ejecución de D. Álvaro de Luna y al juicio de Paris? Traspasé una montaña de arena y aquí estoy, un poco turbios los ojos, parpadeantes bajo el torbellino de sol que se derrama por la ventana.

—Me dormí un momento.

—Trabajas mucho. ¿No conoces a Susana?

—Pues...

—Susana, mi profesor de lenguas muertas.

Juno me tiende la mano, maliciosa.

—¿Sabe usted el egipcio?

Su peplo, antes diáfano, aprieta sus mallas. Se convierte en un traje de calle que sólo deja ver unas piernas irreprochables, olímpicas. ¿Cómo las habrá cambiado aturdidamente Paris por las morenas piernas de Afrodita? Se ven agitarse, impacientes. Su temblor irradia del pecho; sube hasta los hombros, desciende por los brazos, se adelgaza y se reparte por los dedos. De pronto, toda tiembla; parece oír la ausente carcajada de su dorada rival; se levanta, nerviosa.

—¿Salimos?

Al salir rozan sus brazos los míos. No esquivan el encuentro. Su alta cólera divina se va convirtiendo en sorda inquietud humana. ¿Y su incipiente rubor ante aquella carta interminable que escribía estos días? Ella, sin duda, pensaba en algo que no se atrevía a escribir. Suspendía su obra magna, me miraba a mí –insignificante opositor número 7– a través de sus dedos, dedos ágiles, traslúcidos mameles de una ventanita en ojiva.[24]

¿Qué experiencia habrán realizado en mi cara estas pupilas que ahora tengo aquí tan cerca, no sé si burlándose de mí?

Recorremos la ciudad hacia extramuros. Acaso Juno va buscando su dignidad perdida, la manzana del concurso; quizá yo soy una pared donde ha de rebotar su orgullo; pero me resigno y prosigo la aventura hasta conocer exactamente mi papel.

—¿Merendamos?

—Sí.

Ya se sabe que por merendar se entiende agruparse bajo el espadón inamovible del rey Wamba. El rey Wamba domina la ciudad, subido a un pedestal tan desmesurado como el espadón y el rey. «Tamaño mayor que el natural», dicen las guías[25]. La ciudad está presidida siempre por gigantes. De toda la mitología prefiere siempre al titán: debiera estar consagrada a Polifemo, a Hércules[26]. Sus fiestas

---

24 Los *mameles* son los travesaños que dividen la superficie de cristal de una ventana. Y una ventana *en ojiva* es aquella con forma de triángulo redondeado, como una avellana.

25 Jarnés se refiere a la estatua del rey Wamba situada en la balaustrada del Palacio de Oriente en Madrid. Fue diseñada por el escultor Manuel Francisco Álvarez de la Peña en 1765.

26 Dos de los más famosos titanes o héroes mitad hombres, mitad dioses de la antigüedad. Polifemo era un cíclope al que Ulises dejó ciego para salvar su vida. Hércules llevó a cabo doce esforzados trabajos.

las presiden gigantes, y sus juicios, aquéllos de alambre y cartón y éstos de piedra, centinelas perennes del Palacio de Justicia.

El rey Wamba preside estas menudas fiestas íntimas, que celebra, a la tarde, la ciudad. Un bar extiende sus mesitas entre los pinos, finge enramadas, construye unos menudos simulacros de gran estación de moda. Wamba, desde lo alto de su glorioso pedestal, asiste en silencio a algunos bocetos de comedia amorosa, a ciertos amagos de opereta. A sus pies late un pueblo, sobre su cabeza se encienden los mundos...

Mientras se ordena la minuta, yo me dirijo al rey: Wamba, ilustre monarca: Quisiera que hoy te dignases autorizar con tu real presencia un dúo amoroso. Susana, de la estirpe de los dioses, Juno altanera a fuerza de oxígeno y de carmín, y a fuerza de medir altivamente sus pasos y desviar desdeñosamente sus miradas, ha sufrido hoy, una vez más, el desvío de Paris. Minerva, siempre autocrítica, se resignó muy pronto, filosóficamente. Pero Juno no decide aceptar la situación, y pretende buscar al fugitivo mozo para insultarle con el espectáculo de una felicidad prestada. Y me escoge a mí, aturdido profesor de lenguas muertas, para realizar este drama de los celos, este clásico drama del gran monstruo.

Wamba: Yo conozco, presiento al menos, que estos efusivos ademanes de Susana se resienten de una escasa preparación. El amor no recorre tan velozmente las distancias. Son precipitados, luego falsos. Se ve que los realiza en seguida que los piensa, y los piensa justamente porque no podría sentirlos. Algún mohín es tan abiertamente apresurado que Juno, alarmada de sí misma, querría borrarlo como borra el pintor un esbozo prematuro. Porque en estos enmarañados prolegómenos del amor la mujer suele ser en la ciudad, en esta ciudad, una eterna discípula, y Juno advierte de pronto que –sacrificando, además, toda su altanería– se ha erigido en profesor.

También yo, como tú entre mis remotos abuelos, he sido elegido rey provisional en esta revuelta corte de amor. También, como tú entonces, tengo rivales ambiciosos que una diosa pretende castigar con el espectáculo de mi fugaz corona. También, como tú, preveo futuras turbulencias en mi breve reinado; también presumo que algún Ervigio audaz me hará volver a mi sitial ascético, frente a la papeleta interrumpida, en mi silencioso Pampliega, donde los dioses perturban alguna vez las mentes y desvían las plumas.

Wamba: Como tú, seré víctima de una treta[27]. Fui arrastrado hacia Juno por ese ingenioso arquitecto de embustes, por el deseo, que sabe adoptar todas las máscaras, llenar todas las formas, conmutar todas las corrientes; por el deseo que todo lo disimula y todo lo domina, que puede convertirse en amor, que puede redimirse de él o hacerlo más fuerte.

—¿Cerveza o vino?

—Vino.

—¿Qué hace usted, profesor? –pregunta Juno.

—Estaba saludando a Wamba.

—¿En visigodo?

—En silencio.

Sus palabras y sus manos inventan para mí un dialecto

---

27 El rey godo Wamba (?-688), cuando ya tenía avanzada edad, fue forzado a aceptar el trono real, en 662. Durante su reinado se produjeron múltiples rebeliones, y finalmente se le derrocó a través de una conjura en que fue engañado, narcotizado, vestido de monje y obligado a renunciar al trono. Después de esto, Wamba se retiró al monasterio de San Vicente en la localidad de Pampliega (Burgos).

nada olímpico pero sus ojos la desplazan, tiran de ella hacia la carretera, me la roban, se enfrascan en juegos ardientes de inquietud.

—¿Espera usted a alguien?

—No. Miraba ese Renault.

—Bien puede un coche traerle algún juguete. Por mí, siga mirando.

Y más quedo:

—Siempre que usted me ceda los demás sentidos.

No contesta, pero sus oídos recogen la invitación, sus manos se rinden a las mías, su boca se va acercando a recoger el silencio de la boca amiga, disueltas ya todas las palabras en el aire, caída ya toda la hojarasca, desnudo y trémulo el fruto: un beso.

Señor, la bofetada fue tan estrepitosa que bien pudo hacer añicos toda una soñada felicidad. Yo me sentí sumergido en un golfo de sangre. Estaba tan mal preparado para un final de acto melodramático, y este energúmena traía el papel tan aprendido, que cerré los ojos, resignado al balazo, al cuchillo, al vil estrujamiento.

El verdugo brotó de un coche, como esos muñecos de la feria que traen la sorpresa. Y la sorpresa fue una formidable bofetada que recibió Susana. Cuando quisimos contener sus ímpetus, tropezó en una silla y cayó a tierra con todos los cristales del velador. Mi heroísmo quedó inédito, y suspendida su muerte, porque la fatalidad lo quiso. Ni Susana ni yo tuvimos que repeler más agresiones, porque siempre hay una piedrecilla que derriba a los colosos. Cuando él se alzó del suelo, ya tres camareros irrumpían en aquel drama —en un acto— de amor y celos.

(Y esto no es ya un acto del drama, sino su crítica. Una acerba crítica que está redactando el verdadero juez de todo teatro pasional: el juez del distrito.)

Susana está aquí, y el energúmeno. También comparecieron las otras dos concursantes. La mejilla de Susana ha perdido su carmín; pero la ofensa prendió en su altivez olímpica. Por eso están los tres aquí, ante el censor.

El drama fue bien acogido por el público; pero no tiene «éxito de crítica». El drama anduvo rodando por saloncillos y cafés, recogiendo en todas partes substancias heroicas nuevas. Desde el bar a la comisaría, el grupo dramático fue creciendo. Se adicionaron muchos personajes episódicos. Los tres camareros que rodearon al caído y suspendieron rotundamente la rotura de la vajilla y quizá de mi apariencia física, fueron los primeros juglares del hecho; fieles al sueldo de su señor, midieron la trascendencia del drama por el número de recipientes destrozados, por la indignación que el hecho produjo en los clientes más asiduos. Cada uno de los tres cronistas camareros multiplicaba por diez los elementos dramáticos. Si el comisario no acude a tiempo a contener aquel torrente novelesco, hoy, ante el juez, se alzaría una barricada de papel con treinta bofetadas, en vez de siete como aparecen, dos por cada imaginación del camarero, más la auténtica.

Pero el comisario —después de un estudio detenido de mi exigua personalidad física— ha medido mi escasa preparación para la riña y no vaciló en reducir a tres las bofetadas, adjudicando dos al energúmeno y una a mí. Una sola, quizá producto de cierta explicable reacción nerviosa, independiente en absoluto del deporte.

Pero, además de la verdad jurídica —que ya es una mentira, porque sobran dos bofetadas—, circulan otras muchas verdades provisionales, adicionadas por la leyenda. La leyenda tuvo siempre la misma cuna que la Historia. Al nacer la historieta presenciada por Wamba fue creado un tipo legendario: yo, el opositor número 7. ¿Aceptaré mi papel de Perseo, de falso Perseo, con tal de alejar definitivamente al energúmeno?[28]

Y, en todo caso, ¿lo aceptará Susana? ¿O hará constar que el paladín verdadero fue la oportuna silla que contuvo al monstruo?

No, no lo hace constar. No fue la silla. Fue el opositor número 7 quien, a pecho descubierto, se lanzó a una lucha titánica. Susana, la misma Susana, firma y rubrica este nombramiento de héroe que por unanimidad han aprobado las gentes, en saloncillos y cafés. Soy, pues, un paladín. Soy Don Quijote.

Pero, ¿lo hará constar el energúmeno? ¿Y Cloe, la redonda testigo Cloe?[29] ¿Qué dirá esta azorada campesina?

No, no lo hacen constar. También firman el nombramiento. Me abruma el hecho –de autos– tal como el jayán[30] lo refiere. Porque el jayán niega su bofetada a Susana –bofetada matonesca– y en cambio afirma su bofetada a mí –bofetada de celos mal reprimidos, la auténtica reacción de un hombre auténticamente apasionado.

No, no lo hace constar. Todos coinciden en crear un nuevo mito. Las gentes aplauden, los camareros siguen agregando bofetadas, el juez resuelve gravemente que el hecho se produjo según las leyes inapelables de la frágil naturaleza humana. Y absuelve. Aunque al pago de la vajilla rota deberá atender el primer agresor, el energúmeno.

Señor: la bofetada fue tan estrepitosa que también la verdad de todo ha quedado hecha trizas. Tendré que aceptar mi magnífico papel. Desde hoy seré un hombre terrible. Bastará mi presencia para destruir la iniquidad y co-

---

28 Perseo, hijo de Zeus, liberó a la bella Andrómeda de una muerte segura a manos del gigante marino Cesto.

29 Cloe era la inseparable compañera de Dafnis según la novela pastoril *Dafnis y Cloe* del autor griego Longo (siglo II después de Cristo).

30 *Jayán*: persona de gran estatura, robusta y de mucha fuerza.

rregir la injusticia. He sufrido un riguroso examen. Todos subrayan mi título de héroe.

—Enhorabuena. Fue usted un valiente.

—Muy bien, joven.

¿Y la verdad?

Sólo aquella silla podía declararla. Único y mudo testigo en quien nadie —excepto yo— ha pensado nunca. Porque sólo la menudencia, sólo la circunstancia, suele encubrir o revelar a un héroe.

¿Y Cloe?

Va de aquí para allá, toda aturdida, desenlazada ya del acontecimiento en que intervino como esa cerilla inocente que prende fuego a la mecha. Me contempla a mí —otro elemento accesorio, a quien el energúmeno eliminó del drama real, convirtiéndolo en un Hércules mitológico—. Cuando la invitan a firmar su declaración, Cloe baja ruborizada los ojos.

—Yo no sé escribir.

Y entre miradas punzantes, la redonda y lozana Cloe sale del juzgado, seguida del opositor número 7. La pierdo al momento de vista. No estoy especializado en esa caza, y vuelvo resignado a mi pupitre, adonde supongo que ya nunca han de llegar ya las burlas, la caprichosa altivez de Juno.

«Pero Guillén de Segovia, nacido en Sevilla...» Se habrán sumergido alegremente en un coche. Reirán juntos, mientras yo prosigo mi infortunada preparación de oposiciones. ¿Por qué habrá caído en medio del programa el pedrusco de un hecho, de un hecho que ya nadie podrá referir exactamente, mientras los dioses no concedan el habla a aquella silla?

¿Lo conozco yo mismo? ¿Qué es un hecho? ¿Dónde comienza y acaba?

Así han nacido los dioses. Una silla enredada a los pies de Hércules hubiera acabado también con su prestigio; una hierba enredada a los de Perseo hubiera dejado a Andrómeda en poder del dragón... Pero entonces hubo poetas —esos desaprensivos poetas que fundan religiones a fuerza de escamotear la presencia de una silla— ¿cómo ahora, no habiéndolos, pueden continuar estos divinos embustes?

En el pasillo intento referir lo sucedido al opositor número 423.

—¡Son cosas de la vida! —comenta el amigo.

Merecía este ingenuo opositor una de esas furibundas bofetadas que el juez pesó y midió con tanta legalidad, asesorado por los poco videntes camareros. ¡Cosas de la vida! ¿Pero no se trata ya de una vieja leyenda incrustada en los orígenes de esta vida del opositor número 7? ¿De un episodio mitológico, del trivial episodio de cierta mujer furiosa por no haber logrado la manzana?

¡Mi tesis! ¡Mi tesis!

Oposiciones, bofetadas, doctorado, invocaciones a Wamba, pelo rubio de Juno, lozanía rotunda de Cloe... ¿En qué año? ¿En qué biblioteca? ¿En qué merendero? ¿En qué juzgado?

Mi memoria es un caleidoscopio. Sobre el pupitre, las cuartillas de cal viva, donde se van abriendo grietas negras, tétrico ramaje donde cuelgan muñones de palabras, despojos de frases.

Sigue el concierto de las plumas arando el papel —alegres gañanes eruditos—. Otro viejo, con una desaforada lupa, camina penosamente a lo largo de un manuscrito, como el botánico que recorre cada rama, hoja por hoja, y la hoja, nervio a nervio. Sigue el joven de la izquierda prendiéndose en el cerebro mariposas filosóficas, y el periodista redactando ampliaciones de anécdota.

Pero el tiempo no recupera su ritmo normal: hay fragmentos de épocas fabulosas salpicados de esquirlas medievales, primitivas, helénicas, visigóticas. ¿Cómo volver a medir serenamente el tiempo, papeleta a papeleta, en esta mi caótica mente de opositor? ¿Qué es, efectivamente, un opositor? Un destructor del tiempo, situado fuera de él, con el infantil propósito de abarcarlo, de reducirlo a pequeñas cápsulas, a comprimidos sinópticos... Este lance judicial, la visita a Wamba, la bofetada de Juno, el silencioso desfile de la redonda Cloe, ¿cuándo, dentro de mí, serán en verdad mitología?

Spiritum rectum innova in visceribus meu...[31] «Tradujo en verso los salmos penitenciales...» ¿Por qué no poner también en verso, en norma, esta rebelde zarabanda de un corazón, de un sexo, de unas entrañas removidas por los más opuestos mitos?

---

31   Fragmento del versículo 12 del Salmo 50 de la Biblia, «Cor mundum crea in me, Deus, et spiritum rectum innova in visceribus meis», esto es, «Crea en mí, oh Dios, un corazón puro, y renueva en mi interior un firme espíritu.»

II
LA SERRANILLA Y EL MARQUÉS
(EDAD MEDIA)

DE PRONTO UN CORAZÓN, esta roja víscera olvidada durante muchos años, pretende cambiar de postura, busca dentro de mí nuevos acomodos. Las manos acuden a contener el mortal brinco. Rechazo mis apuntes, aparto la atención del libro, me levanto, vuelvo a sentarme, ensayo posturas dramáticas —¿a lo Bertini? ¿a lo Zaconi?—.[32] Debía soltar la carcajada ante mi propio gesto tan malamente preparado; pero el dolor es terrible, borra todo sentido del ridículo, todo lo retuerce, todo lo engarabita. Soy un pobre enfermo barroco, una pobre bestia herida.

De todo mi desdén hacia la carne, de toda mi exuberancia erudita, ¿qué me queda? Ya mi único libro es este espejo donde me veo agonizante, donde, despavorido, contemplo el rápido desmoronamiento de mi rostro, de mi último rostro, logrado a través de tantas pruebas, de tantas fotografías profesionales, de tantos ensayos donde el abuelo, la madre, todos mis antepasados han luchado por dejar su huella, por seguir asomándose al mundo.

Ésta es mi auténtica faz que comenzó pareciéndose a todas y ya comenzaba a no parecerse a la de nadie, en perenne avidez de ser original, ¡cómo la van resquebrajando

---

32 Alusión a dos grandes de la escena italiana: Francesca Bertini (1892-1995), actriz de cine mudo, famosa por encarnar a la mujer pasional con una amplia gama de expresiones y sentimientos; y Ermete Zacconi (1857-1948), conocido por representar una línea de naturalismo y realismo en la actuación.

las frenéticas lanzadas de este mi pobre corazón rebelde que busca un nuevo emplazamiento! Comienzan por afirmarse los ángulos, por hundirse lentamente estas pálidas cañadas donde suele florecer la planta del rubor; la misma nariz que pudo ser un gracioso relieve, aprovecha estos momentos de enorme depresión de las mejillas para agudizar sus perfiles. Todo en este lamentable rostro es ya nariz, lo que más descubre el esqueleto, lo que está más cerca de la muerte, como son los labios –lo más revelador de la vida– quienes mejor lo encubren.

Un calofrío me recorre; me siento aprisionado en moldes geométricos, encajado en imprevistos diedros, en esas formas aristadas donde la vida se va rápidamente secando, precursoras del fatídico prisma, del pavoroso ataúd, donde todo se hace arambel[33] infecto, donde todo retorna por fin al esquema tradicional; donde, en silencio, en el eterno silencio, se pasa de la geometría al gran todo, o al caos, o a la nada.

¿Qué importan ya la pregunta y la respuesta de este sombrío cuestionario, y menos las de ningún menudo cuestionario de la tierra? Escritores del trescientos, del cuatrocientos, de todos los siglos... Un poco de carne sin forma pudo haceros naufragar dentro de mí; hizo caer en el olvido a todas vuestras balbucientes rimas, a todas vuestras resabidas crónicas.

¡Al cesto el programa de oposiciones! ¡Al cesto Guillén de Segovia, Sem Tob, Manrique, Santillana![34] Vosotros, momias de archivo, habéis sacudido brutalmente estos gramos de materia roja, habéis despertado en él afanes impertinentes de asumir el mando de todo un or-

---

33 *Arambel*: Colgadura de paño que se emplea para adorno.
34 Jarnés alude a varios escritores de la historia literaria española: Guillén de Segovia, ya conocido, Sem Tob (?-1369), poeta hebreo, Jorge Manrique (1440-1479), autor de las famosas *Coplas a la muerte de su padre*, y el Marqués de Santillana (1398-1458), poeta y mecenas literario.

ganismo... ¡Él, tan torpe ingeniero, tan poco ducho en dirigir una conquista galante, en preparar una seducción de minué, en burlar una astuta coquetería de abanico!

¡Pero vive tú, corazón, aunque todo el resto muera! ¡Vive tú, dentro del tiempo, con tus exactas pulsaciones por minuto, sin galopes, sin pausas, sin incendios, en pleno equilibrio, aunque toda la mitología desnuda te ofrezca sus manzanas!

Me ahogo. Abriré la ventana. Estoy tan solo –yo, pobre opositor número 7– tan solo en medio de este poco de aire confinado, que, al menos, quisiera complicar en mi ataque a todas las estrellas, a las nubes, gritar su agonía...

Pero arriba y abajo todo queda indiferente. Esta ventana de rascacielos hace perder a los hombres que pululan allá abajo sus cuatro individuales dimensiones. Todos están nivelados, sin gesto, sin garbo original, con la misma edad, con la misma cantidad de materia: son unos entes diminutos que van de aquí para allá, peones de ajedrez que se deslizan por las cuadrículas urbanas, con trayectorias paralelas, oblicuas, diagonales, con sus rutas de alfil, de torre, de caballo. La ciudad volcó sobre el tablero millares de estas figurillas articuladas que sólo se diferencian en la prisa, que se filtran por los zaguanes, entre los árboles despavoridos, rectificados por el viento.

Muestrario de acentos, de relieves, por donde pasó el ácido corrosivo de la distancia, capaz de borrar, de aniquilar todo matiz. Estos puntitos negros y aquellos otros de luz sólo podrían ser reconocidos por su ruta.

Ahora se produce un remolino, algún choque inesperado entre las figurillas. Van formando enjambre.

Acude un casco, dos tricornios. El enjambre fija exactamente su eje de atención, se abre una menuda pista. Se espesa el anillo, hierve, unas manos logran precisar su blancura...

En el ruedo, algunas figurillas desarrollan su argumento dramático, del que no se percibe el jadeo, del que sólo me llegan algunos ademanes. El círculo, el segmento circular adquiere plenamente su calidad de coro. Pero el drama lo corta en pedazos, lo dispersa otra vez por la cuadrícula. Un drama geométrico, mudo, rapidísimo, que dentro de poco, convertido en prosa legal, circulará por este paisaje intermedio, por esta red nerviosa ciudadana tendida entre la calle y mi ventana.

¡Si pudiera también hacer correr por todo el mundo la noticia de mi inconmesurable tragedia! ¡Que hiciese temblar todo el innumerable tejido eléctrico, y vibrar en todos esos juguetes que en lo alto de los palos almacenan —un poco broncas— las voces queridas, y prenderse en todos los pechos que ahora, desnudos, aguardan el dulce peso de otro varonil que no acaba de llegar! ¡Si mi angustia pudiera, como ese choque geométrico de ahí abajo, recorrer cientos de kilómetros hasta sacudir los nervios de Ruth, de Carlota, de Susana!

Me ahogo, me muero. Esta no es la falsa, es la verdadera angina de pecho. Me engañaban los amigos. El dolor es más violento que nunca. Irradia, se extiende por el hombro, por la espalda... Vuelvo al espejo. Ya estoy aquí, fijo en el espejo que implacablemente va señalando los grados de mi pánico. El pulso se acelera... Es inútil, es inútil que haya abandonado las toxinas del café; es inútil haberse sometido a un ascetismo escrupuloso. El dolor brutalmente me aplasta. Me hace adoptar de nuevo los gestos ampulosos de un tenor en fin de romanza. Este desdeñado corazón, ¿quiere acaso brincar hacia otro pecho?

Tendré que salir a buscar un calmante. No quiero despertar a mis compañeros de pensión, ni a la muchacha, ni al dueño: me mirarían espantados, con el temor de verme convertido en espectro. ¡El hombre que irrumpe trágicamente en el sueño de unos seres indiferentes! Saldré a la calle, iré a una farmacia, a una Casa de Socorro, a algún café. Porque el dolor no cede. ¿Tendré que entonar definitivamente el adiós a la vida?

En silencio voy deslizándome hacia la calle. ¿Morir allá arriba desde donde apenas se ve de los hombres su helada trayectoria, sus choques, sus enjambres monótonos, como en las insufribles estrellas? ¡Morir al menos en un lugar público donde gentes desconocidas me rodeen, donde pueda asirme —náufrago total— a la fugaz mirada de un espíritu, donde las gentes recobren el color y su relieve, donde sean algo más que geometría! Porque en la pensión estos ataques sólo han logrado ser un tema científico. Mi corazón no es un jinete loco que de pronto pierde los estribos; mi corazón es un texto que cualquiera puede adquirir de balde.

—¡Histeria, sólo histeria! —dice un camarada.

Y comienza a hojear a Parry, a consultar a Romberg, a Troube[35]. Sólo hay para él un problema técnico, un complemento de sus apuntes.

—¡Una dilatación ventricular! No tiene importancia —define el opositor número 43.

---

35 Jarnés cita tres nombres de la medicina: Caleb H. Parry (1755-1822), especialista inglés en angina de pecho, Moritz H. Romberg (1795-1873), que publicó el primer texto sistemático sobre neurología, y Ludwig Traube (no Troube, como escribió Jarnés) (1818-1876), especialista en la función pulmonar y en el desarrollo de la fiebre.

—Toma diuretina –añade el número 234.

—Hiperestesia del plexo cardíaco –apunta el número 14, como si dijese: «¡A mí con problemas del corazón!»

—Oclusión de las arterias coronarias –concluye enfáticamente el opositor número 3.

—¡Me muero, me muero! –repito mientras los demás cierran alegremente sus libros, ufanos, envanecidos en su ciencia. Por eso yo no quiero consultarles nada. En vez de traerme un calmante, cada día me encuentran una nueva definición. Estoy solo, muy solo, en medio de montones de hombres, de tratados, de fórmulas. Solo, al borde de la nada.

La calle está desnuda. La luz de los faroles, la cúbica electricidad de un cinema, la barroca de un bar, van empujando, apelotonando, ahuyentando las sombras hacia rincones, donde se funden —movedizas, serpentinas— con otras sombras más compactas: rateros, celestinas, meretrices. Aun quedan portales entreabiertos: alguna farmacia, algún prostíbulo. Y los fanfarrones vestíbulos de los teatros y los angostos de las Casas de Socorro. La vida se simplifica ahora hasta el punto de no ofrecer más que una cara y su opuesta. Aquí se ríe, allí se llora. Aquí se vive, allí se muere...

Dentro de mí todo está ya resquebrajado. Mis manos se cansan de contener la ultradinámica locura de este voluble corazón que tan brutalmente da hoy fe de su presencia. Mi pecho, mis manos son como un doble y frágil muro a punto de un desmoronamiento. De pronto esta máquina de sentir de donde se había querido escamotear la primer válvula, de la que tanto se había exaltado la movediza superficie, sus caprichosas antenas receptoras, se amilana, se acoquina, ante un brusco trallazo.

¡Corazón, feo manantial de vida, con qué crueldad

quieres vengarte! Quise un día prescindir de ti, yo, un hombre que lee a Jorge Manrique. ¿Por qué quise brincar del turbio deseo a la clara idea sin pasar por tus dominios? Ahora tú, con sacudidas de titán, anulas todo imperio que no sea tu imperio; te ríes de la presumida inteligencia y del deseo oscuro; los fundes en tu inexorable caudal, cogidos de las greñas, como rebeldes cachorros.

¡Corazón, informe renovador de energías, cómo, desde ese mármol de clínica donde tantos jovenzuelos aprenden a desdeñarte, subes a ocupar la cima de mi máquina ambulante! ¡Cómo, bajo tu látigo, todo se acurruca despavorido, esperando que cese tu cólera, tu desquite!

—¡Una puñalada! ¡Jesús!

Se me acerca misteriosamente... ¿Es una de las sombras rechazadas por la luz del cinema? Esta campesina de ojos azules, incapaces de reflejar un melodrama, ha brotado de la concha verde de un auto parado junto al bar. ¿Mireya? ¿Virginia?

—¿Dónde? ¿Dónde?

—Aquí.

Unas manos abiertas oprimiendo el pecho, unos ojos asombrados sobre el pañuelo de flecos. Es Cloe. El amor provisional del energúmeno. No me reconoce. Estoy desaliñado, cadavérico.

—¡Yo te llevo! ¡Sube conmigo! Voy a buscar al marqués.

Se sitúa rápidamente en la escena, en una escena que supone empapada en sangre, iniciada silenciosamente en un zaguán, bajo el patético resplandor de una carne femenina codiciada por dos.

—Por una mujer, ¿verdad?

Quisiera abrazarme, teñirse con mi sangre, recibir en sus brazos desnudos –tan redondos– al héroe caído en una furibunda batalla pasional; desgarrar su abundante falda de percal rameado para maldecir, para blasfemar del energúmeno. Quisiera incrustarse en la acción, ser su personaje viceprotagonista, gritar luego ante el juez:

—¡El corazón! ¡Vea usía las bromas que gasta el corazón! Aquí tiene un castizo que sabe dar y recibir puñaladas porque le sale de muy hondo...

Aparta las manos de las mías, busca en mi pecho un caliente olor a sangre, acerca más sus ojos azules, su boca sin pintar, quiere embriagarse de tragedia.

—¿Dónde? ¿Dónde?

—¡Me muero!

—Apóyate en mí.

¡Redonda, lozana, Cloe! Pero esta escena no puede prolongarse. Yo debo destruir tan falso melodrama, apartar de mi este vehemente personaje de gran folletín que cree haber hallado en el arroyo un héroe vencido. Sin retirar las manos, fingiendo una sardónica sonrisa, derribo el escenario.

—No es una puñalada. Es un ataque.

Mi sonrisa de níquel es contestada con un gesto de rústico desdén, más temible que el olímpico de Juno.

—¡Idiota!

¡Un enfermo donde creyó hallar un asesinado! Me vuelve la espalda, me abandona, vuelve a su coche silbando un cuplé.

—¡Oye! ¡Es que me muero! ¿No me conoces?

Se detiene, me contempla recelosa. ¡Al fin!

—¡Ah! Es usted. El de la bofetada... Está desconocido.

—¡Me muero!

—No volví a ver a aquel majadero. Anda ahora con la rubia de usted...

Iba a tenderme los brazos, pero de pronto retrocede ante la presencia del marqués, hombre en serie, mezcla de truhán y de almacenista enriquecido. Su único subrayado es una cadena voluminosa que le cruza el vientre. Sale contoneándose del bar.

—¿Qué ocurre Isabel?

—A este joven... Le había dado un ataque.

Una voz pastosa, sin timbre alguno, una voz también en serie:

—Ahí, ahí a la vuelta tiene la farmacia. Eso no será nada.

La serranilla y el marqués desaparecen de la escena. Me dejan aquí, en medio de la calle, ovillado en torno al corazón, en plena agonía. ¡No soy un pasional, soy un neurótico! El mundo conoce el valor de la sangre y de la tinta, del vago inquietarse y del ímpetu que asesina... Sabe clasificar bien a los noctámbulos: unos son arabescos del paisaje y otros productores de crispaduras trágicas. Yo, inofensivo arabesco, con el cuerpo en voluta, corro desesperado a la farmacia, caigo derrumbado en una silla.

—¿Qué desea?

—¡Me muero!

El farmacéutico me contempla unos momentos. ¿Teme una broma? Pero el dolor arrecia.

—¿Qué le ocurre?

Sigue empaquetando sus pastillas. No se inmuta.

—Aquí... Un dolor espantoso.

—Eso no será nada.

Lo dice con la misma indiferencia con que hubiera encendido un cigarrillo. ¡Nada! Y tuve que abandonar mi cuestionario, la esperanza de libertarme de un implacable régimen oficial, de lograr un reposo económico, mis poetas del cuatrocientos, para venir a buscar un poco de valeriana, un sinapismo, éter, algo de fe en continuar viviendo.

—¡Me muero, señor! ¡Déme alguna cosa!

No me escucha. Vuelve a su faena sin darse cuenta de que junto a él se afila una guadaña... Le increpo.

—¡Déme alguna cosa!

—¡Váyase a la Casa de Socorro!

—¡Es que no puedo!

—No es posible servirle nada sin receta.

Quisiera aniquilarle con una blasfemia, con una mirada furibunda. Pero una nueva punzada destruye todo propósito de venganza. Aquí sólo hay un esclavo del propio corazón que ahora exige diagnósticos, no insultos. Sigo mi peregrinación a lo largo de la calle donde el cinema se ha apagado y han crecido fugazmente los transeúntes. Algunos me contemplan, guiñándose el ojo. Me toman por un ebrio. Esta noche seré todas las cosas, menos un pobre enfermo, menos un desterrado de la Edad Media lírica por un trozo informe de carne declarada en rebeldía.

Se oye un parlamento dramático, salpicado de dudosas interjecciones. Al volver una esquina se ve un hombre contemplando un cartel de toros. El parlamento es de Echegaray y trata del honor, de cierto honor ahora pregonado por un hombre en equilibrio inestable. Su centro de gravedad –físico y retórico– se le ha subido de la pelvis a la cabeza.

Se dirigía a un público pintado en el muro, pero, al llegar yo, desdeña aquella silenciosa muchedumbre y dedica su parlamento al transeúnte desconocido. Se apodera de mi brazo izquierdo y me invita a beber.

—¡Déjame! Estoy enfermo.

No me suelta, se le enredan los pies en los del reacio camarada; estamos a punto de rodar los dos.

—¡Va usted bueno, amigo! –dice el orador, riendo estúpidamente.

Protesto, intento desprenderme de él... Huyo de este contacto pegajoso y me lanzo de nuevo en dirección de la Casa de Socorro, que parece también huir de mí.

Aumenta la congoja. La ciudad se ha lanzado a bailar al corro alrededor de mi tortura. Una ciudad vacía, cegadas sus ventanas, hostiles sus umbrales. En una esquina solitaria me detengo a tomar aliento. Puedo prorrumpir en quejidos, en blasfemias, en apóstrofes: nadie me escucha. Ni aun el hombre del ombligo luminoso, que siempre se conserva a la distancia del oído irresponsable.

No puedo andar. Me acomete un hipo doloroso. Un preludio de vómito. De nuevo, en busca de un hombre que desmienta aquel terror, recorro la ciudad como un fantasma persiguiendo a cualquier otro.

Ahora mi sombra se cuaja, se solidifica, va perdiendo su contacto con mis pies, retrocede unos pasos, vuelve a acercarse a mí. Ignoro de qué zaguán diabólico habrá robado ese cuerpo tan torvo, ese andar que no es el mío. No puede ser mi propia tortura, porque la llevo aquí bien oculta bajo las manos; no puede ser un espectro creado por mi efervescente imaginación, porque dentro de mí sólo hay a estas horas un pobre trozo de carne martirizada.

La sombra se me acerca. Yo, infeliz moribundo ambulante, que corro hacia un remedio ilusorio; yo, andrajo dolorido, oscilante como un ebrio, totalmente desmoronado, ¿cómo podré resistir la acometida de esta sombra que, sin duda, va acechando mi supuesta embriaguez, incapaz de reacciones peligrosas? ¿Me cree un alcohólico indefenso? ¿Un truhán que acaba de apoderarse de alguna abultada cartera?

Precipito el paso; procuraré corregir en lo posible tan equívoca sinuosidad. Acentuaré el ademán dolorido de mis manos. ¿Cómo decir a esta sombra que esta noche nada hay en mí cotizable? ¿Qué sólo tengo por tesoro un corazón, y aun en él se han iniciado desoladoras herrumbres?

No me comprendería. Ahora acorta la distancia. Dos pasos más y su brazo rozará el mío. ¿Tendré yo –miserable opositor número 7– que iniciar una lamentable defensiva?

Recuerdo precipitadamente mis parcas nociones de boxeo. Reavivo la memoria de aquellas mitológicas bofetadas que pusieron en peligro el altivo rostro del amante de Juno, de aquel puñetazo en el estómago que dio fin a alguna de mis peleas infantiles... ¿Utilizaré con el nocturno adversario una noble estrategia o improvisaré cobardes tretas, aun con peligro de efusiones de sangre?

¡El enemigo ya está aquí! Es preciso decidirse. Este miserable corazón que tantas veces se inhibió en escaramuzas de amor, ¿acudirá hoy a prestar alientos en tan terrible emboscada?

No vuelvo la cabeza. Abandono mi dolorido pecho, dejo vagar mis manos, me yergo, adopto un dinamismo indiferente, silbo, acorto el paso... Me muero de terror, pero quiero que mi superficie externa finja olímpicas serenidades. En vano el corazón da gritos pidiendo el abrigo de unas manos; en vano los pies se revelan contra el despotismo de la razón; ellos querrían volar hacia un sereno, ¡infelices pies, tan poco acostumbrados a ponerse en guardia!

La sombra avanza paralela a mí. Prosigo heroicamente la marcha entre el enemigo y la pared. Tres pasos... Ha llegado el momento. La Casa de Socorro está a la vuelta de una remota esquina. Hay tiempo para que estalle el conflicto, para un atraco alevoso, para un absurda improvisación de boxeo.

Diez pasos más, paralelo a una sombra, de la que sólo puedo ver –de reojo– el perfil. No ladear la cabeza... Estoy temblando. Si ahora resbalo, si ahora tropiezo con un cañamón[36], soy hombre perdido. De entre mis recuerdos extraigo una sólida estampa de fanfarrón y, mal o bien, la reproduzco.

Me engallo, crezco, soy un gigante, mis brazos son aspas de molino; una bofetada mía, ¿no provocaría terribles desórdenes faciales en la sombra impertinente?

Que, al fin, inicia un sabio ataque. Sabiduría, es decir, debilidad. Desplegar las reservas de astucia es señal de haber quedado inservibles las vanguardias de la fuerza.

—¿Me da usted un pitillo?

¿Cómo?

La sombra me pide un pitillo. ¡ella que buscaría una cartera, quizá acaso una vida! Acaso un placer...

—No fumo.

La Casa de Socorro ¿está cerca? ¿Está lejos? Mi corazón da los últimos saltos; mis manos vuelven a detenerlo, todo el cuerpo se relaja, se ovilla alrededor de su agonía. ¿Por qué haberla prolongado unos minutos?

Por fin, desesperadamente, consigo detener un coche loco. Me liberta de tanta dudosa sombra. O las enrosco y las arrojo bajo el asiento, como guiñapos. Cierro los ojos, sólo quiero verme a mí mismo.

—A la Casa de Socorro.

El coche avanza más despacio, se detiene al fin ante un zaguán iluminado. Penetro en la mansión doliente, meditando: ¿A qué venir aquí con esta leve carga de un corazón revoltoso, impaciente por evadirse de su caja? ¿A qué venir aquí, a esta clínica implacable, donde una pierna tronchada, donde un hombre partido en dos, donde una

---

36 *Cañamón*: Simiente del cáñamo, redondo, más pequeño que la pimienta.

deliciosa mujer acuchillada no provocan la menor inquietud?

Mi pobre corazón será aquí recibido con el máximo
desdén. Un ataque, recrudecido por mi impaciencia, será
tal vez examinado con incisivos y metálicos ojos, acaso con
palabras hostiles... Pero mi pobre corazón, que entre tanto
poeta aprendió a latir líricamente, hoy, de improviso, ha
emprendido un galope desconocido por todos los enamorados del mundo. ¿Qué sinapismos, qué ventosas, qué valeriana, qué hierbas y reactivos lograrán detenerlo?
¿Habrá que someterlo a esos terribles productos de
nombre falsamente musical, nitrito de amilo, tetranitol,
trinitrina?

¡Justo castigo a tanta inhibición, corazón mío! Desde
hoy, toda mi vida estará pendiente de tus menudos ca-
prichos, de tus coqueterías. Tú, a quien ninguna pasión de
las volcánicas supo hacer cambiar de postura, recogerás
desde ahora las menores oscilaciones del barómetro. Los
médicos más huraños se inclinarán para auscultarte, a ti,
que desdeñabas la caricia de un verso, la flecha de una
mirada. ¡Corazón, corazón fracasado! La química está
preparándote sus frascos, ya que no quisiste vibrar ante los
bosques y las nubes y las hadas.

—Espere usted ahí.

Mi pobre corazón tendrá que aguardar aquí largo
tiempo, mientras curan a ese mozo apuñalado por defender a una amante de las iras del marido. Tendrá que
aguardar el advenimiento al mundo de un rapaz que había
resuelto nacer en la piadosa escalinata de un templo.

El amor, en sus dos fases más patéticas, se me ha adelantado. ¡Anónimo corazón inquieto, humíllate ante ese pecho ensangrentado por una navaja, ante ese fecundo vientre que añade un individuo al mundo! He aquí el amor verdadero, el que deja huellas en la carne, el que la rompe y la destruye, el que la reflorece en el curso de los tiempos. He aquí la vida turbulenta, sabrosa, rezumante.

Pero la tortura no cesa. Me dirijo a un practicante:

—¡Señor, me muero!

—Espere usted ahí.

Tendré que seguir oyendo los gritos de la madre, los menudos chillidos del rapaz, las maldiciones del asesinato, la charla interminable de los guardias. Una vida sin sentido, nutrida de un poco de viento de biblioteca, se ovilla cada vez más ante los dos espectáculos paralelos que ofrece la pista de la noche. He aquí dos epílogos dramáticos de otras tantas vidas entregadas a la aventura. ¿Cómo acudir con una vida sin relieve, con este inquieto corazón inhábil para momentos trágicos a sufrir exámenes de inquietud ante los ojos helados del médico de guardia?

—Entre.

¡Por fin! En otro departamento la monotonía de una voz:

—¿Nombre?

—¡Señor, le aseguro a usted que me muero!

—¿Edad?

—¡No puedo más!

—¿Naturaleza?

—¡No puedo respirar!

—¿Domicilio?

—Unamuno, quince.

—Tiene usted que ir al Paseo de los Cisnes, veinte. Este no es su distrito.

—¡Que me muero, señor!

No me escucha. Comienza a leer el periódico, indiferente. Salgo dando traspiés, entre las risas de los guardias que subrayan el lance diciendo:

—¡Va bueno!

—¡Hecho una cuba!

Y el coche me conduce al Paseo de los Cisnes. Me acurruco otra vez en el asiento. El corazón comienza a darse por vencido. Sus sacudidas son más débiles. ¿Emprende la retirada o va a ser aniquilado? Renuncia —sencillamente— a dar fe de su presencia porque ya puedo comenzar a ver el mundo no alojado dentro de mi caja torácica. Pronto sentiré lo menos sensible: el dolor del corazón del mundo.

Desfila —por la ventanilla— una larga procesión de chimeneas sin penacho, de fragmentos de cielo sin una nube, de largos muros sin sombras. La noche se evapora en la gran caldera de la ciudad, el humo se va prendiendo arriba, en las redes telefónicas, hasta que los pájaros, a picotazos, lo desgarran.

Un fresco temblor prende en la avenida: el de las estrellas que se despiden disparando bombones de hielo. Ha cesado el viento de tormenta de media noche, y en medio de un gran silencio helado se abren las puertas del día.

—¡Me muero!

Repito estas palabras como una pobre letanía sin sentido. Mis manos siguen abarcando el pecho, ya dormido, reposado, cronométrico. La escena ha perdido su angustia, pero las manos y la boca —olvidadizas, inertes— persisten en seguir representando su papel.

Alternativamente se van asomando por una y otra ventanilla Ruth, Carlota, Susana... Saludan, sonríen, me felicitan por haber tropezado con la víscera cardíaca. Yo —el opositor número 7— les muestra, alborozado, el pedazo de carne informe, lo más lejano de la forma, todo rojo, rezumante, dispuesto al frenesí.

¡Un corazón tantas veces olvidado cuando se juntaban febrilmente las bocas! ¡Aquí está el corazón de un hombre dispuesto a las torturas del amor, de un amor que comienza por la serranilla del marqués y termina por la preciosa analfabeta Cloe! Amor bien clasificado, por siglos y escuelas, amor que tiene su zodíaco fatal, que recomienza sus signos, que se muerde la cola.

El último eslabón está aquí llamando con los nudillos en las puertas doradas de Afrodita, eterno campeón en la eterna batalla. Aquí está, con su marqués, embutido en ese coche tan sediento del frescor de la mañana que abre sus valvas y deja asomar el gracioso rodete sobre el pelo de trigo, los ojos azules, la boca aún ignorante de todo método amoroso, sólo capaz del beso común, de un beso infantil, sin otro sentido que el puramente vegetal, que se abre y se cierra como una flor recién amanecida.

Y el mantoncillo rabioso —claveles de vino y de miel—, y la falda de innumerables hojas, los zapatos de cordobán, las medias de color pan tostado.

Aquí está la egregia serranilla y el plebeyo marqués, tan rollizo como su enorme puro, rodeados de cántaros metálicos de lecheras, de tranvías amarillos, de noctámbulos de plomo, de mujercillas negras, de esquilas verdes.

Y el camión azulenco que lo apisona todo, que despierta al opositor número 7, perdido por los desfiladeros urbanos en busca del hilo que ha de ponerle en comunicación con sus propias vísceras rebeldes.

—¡Me muero!

Lo digo desde la región inefable, en un espacio intersticial entre dos sueños, cuando el camión sacude aquel puzle de sensaciones sin tiempo y sin límite.

Pero el coche del marqués desaparece, el mío se para bruscamente en una plazoleta donde la noche disputa unos momentos con el día intruso. Una luz húmeda, lechosa. Y un agente.

—¡Señorito!

—¿Qué?

La Casa de Socorro.

¿Cuánto tiempo hará que salí de la pensión? ¿No fue aquella noche –tan lejana, quizá del cuatrocientos– en que me vi junto a la muerte, saboreando, versículo a versículo, los siete salmos penitenciales, mientras acariciaba la monda calavera de un alumno de medicina?

¿No fue aquella noche en que me debatí heroicamente con mi propio fantasma? ¡Noche cruel, en que unos brazos desnudos, redondos, quisieron rodear mi cuello de héroe vencido, mientras el resto de la ciudad se mantenía indiferente! ¡Noche de amargas decepciones, en que una víscera virgen de apetitos inconcretos fue incomprendida, desdeñada por histérica, por farsante!

Sí, fue aquella noche. Aún conservo mis manos –ya dormidas– sobre el pecho tranquilo, rítmico. Si dejo sueltos los labios, en seguida modularán el monótono estribillo:

—¡Me muero!

Despierto a mis manos, vuelvo a la normalidad idiomática; remuevo mis labios, restituyo su dosis de razonabilidad a cada uno de mis miembros. Contemplo, sin inmutarme, al chofer.

—¡La Casa de Socorro!

Me había acercado al borde de la sima. Corrí desesperadamente a lo largo de la orilla fúnebre; ya conozco el horror de asomarme a la nada... El chofer me contempla burlón:

—¿Qué hacemos, señorito?

Me habla ya como quien está en el secreto. Piensa que vuelvo de alguna jarana en vez de venir de la Edad Media. Me cree despejado –el airecillo de la mañana disuelve la embriaguez más espesa–, me invita a encasillarme de nuevo en una hoja oficial.

—¡No, ya no! Estoy mejor.

—¡Claro!

¿Por qué no insulto, por qué no abofeteo a este mozo impertinente? Esta horrible escaramuza de mi desenfrenado corazón, ¿podrá ser caprichosamente convertida en una pringosa aventura de cabaret? Mi heroica marcha al través de la ciudad, junto a mi propia sombra asesina, ¿podrá convertirse en un pedestre episodio báquico? Solemnes escenas junto a la muerte: ¡Un chofer os ha tomado por la normal evolución de cierta imbécil juerga de señorito!

Doy las señas de mi pensión. Poco después caigo –hecho un despojo humano– en mi revuelta cama de hace seis horas.

En el comedor, a mediodía.

—Salud, futuro profesor. Conocida es ya de todos su preciosa aventura nocturna. Solapadamente se evadió usted de esta pacífica mansión, y, en compañía del amor efímero, surcó usted los procelosos mares de la ciudad.

—¿Yo?

—No lo niegue, y reciba nuestros plácemes. Un coche guardó herméticamente su aventura y otro coche recogió sus despojos y lo reintegró a esta pensión con huellas inequívocas en el rostro. Salud, querido opositor número 7. Sed admitido en la ilustre cofradía donde se rinde culto a los dioses inmortales: Venus, Baco y demás joviales camaradas. La muchacha era redonda, hecha de melocotón y de claveles. Sus brazos se le tendieron incondicionalmente, afortunado camarada... Sólo una advertencia he de hacerle... Arriesgado joven: junto a la serranilla está siempre el marqués...

—Sí, el marqués de Santillana.

—Perdone. Es el de Cosuenda, gran almacenista de vinos, muy conocido en los círculos galantes por sus propinas y por sus bofetadas. Le aconsejo una gran cautela con este mercantil Dionisio[37]. Es muy bruto, y podría en dos golpes hacer añicos la más concertada sinfonía pastoral. El marqués de Cosuenda sabe lanzar al mundo galante una serranilla, pero no gusta de que se la manoseen. Es la tercera que le conozco. Recorre frecuentemente sus viñedos, y nunca le falta una joven en agraz con quien desarrollar su técnica donjuanesca. Al vino y a la mujer sabe hacerlas madurar, fermentar... Es un buen catador de ambos estimulantes.

El opositor número 132 prosigue impertérrito su plática. ¿Cómo detener tanta elocuencia? Yo logro insinuar:

—Pero, amigo mío, lo mío sólo fue una broma del corazón. Ya me conoce usted. Fui a buscar un calmante...

—Todo, amigo vehemente, son bromas del corazón. Y cada una de nuestras salidas nocturnas –infrecuentes ¡ay!, por deficiencias de caja– sólo obedecen a inquietudes, a la necesidad de un calmante.

—Pero en mi inquietud no interviene el marqués ni ninguna de sus serranas. Para mí sólo son una papeleta del programa.

—Como para todos. ¿Quién no incluye en el programa de su vida una rústica doncella, de senos y muslos apretados, de sabor agridulce, de piel intacta? Es nuestra eterna papeleta... Por otra parte, es bien conocido el viaje de usted a una Casa de Socorro, medroso quizá ante las consecuencias de una libación espléndida. No me sorprende... ¡Está tan poco acostumbrado!

Es inútil pretender que salga de su error. Le hablo de un ataque, intento describir el hecho... Pero el opositor

---

37 Según la mitología griega, Dionisio, entre otros atributos, tenía el de ser el dios del vino.

número 132 sonríe mefistofélicamente. Se le habla de una congoja al borde del sepulcro, y vuelve a sonreír.

—Sí. Cultiva usted la falsa angina de pecho para realizar sus nocturnas aventuras cordiales. Es un procedimiento que nunca utilicé; pero que encuentro admirable. ¿No acabó todo por una pesada somnolencia, por una depresión mental?

—En efecto. Hoy no puedo estudiar. Mi corazón...

—Vuelvo a felicitarle.

—¿Cómo?

—Puesto que ha tropezado usted con ese órgano desnudo utilícelo desde ahora como instrumento de combate. Y para que no le moleste en el desarrollo de sus penosos cuestionarios, evite el uso del tabaco, del café —y ante todo— el del alcohol. Evite asimismo los enfriamientos. De esta manera su corazón se conservará en perfecto estado de servicio para cada una de sus batallas pasionales.

—¿Batallas pasionales? Es una broma divertida, pero...

—No finja. Lo sé todo. Le han visto declarar frenéticamente su amor a la muchacha. ¡Y lo hacía usted maravillosamente!

—¡Bah!

—Y en medio de la calle. Con notorio peligro de las iras del marqués. Verdaderamente, su corazón es una hoguera. ¿En qué desconocido paraje van ustedes a continuar la aventura? Alguien quiso saberlo —¡el bar es tan ruidoso!— sin ningún éxito. Le felicito, futuro profesor. La moza es primeriza en lides de amor. Acaba de llegar de la montaña. Es una paleta que pudiéramos llamar original, paleta capaz —se me ha ocurrido un chiste horrendo— de empapar de color toda una académica vida gris. Le aconsejo que abandone a Jorge Manrique y sus fúnebres coplas, y se atenga ya siempre a la incomparable serranilla...

Sigue hablando sin tino, yo le abandono y, heroicamente, vuelvo a hundirme en la Edad Media.

III
Elvira De Pastrana
(Delirio decimonónico)

La luna en el mar riela[38]. Randas de espuma cuelgan de la roca, donde, fijos los ojos en la trémula inmensidad, desafía a las olas una mujer enamorada. En el confín se extenúa la postrer lucecita de un velero...

Otra papeleta:

En su esférico imperio sigue saltando el vals. Gime el arpa y la flauta suspira, apagando el amoroso coloquio. Él sonríe. Los párpados de ella caen púdicos sobre su azoramiento...

Otra papeleta:

Un frenético adiós en un marco de tupidas madreselvas cuajadas de rocío. Titila una lágrima en las mejillas de ella, orbe cálido donde se condensa una eternidad...

Otra papeleta:

Hundidas en sus lacios sillones, unas viejas rameras, bajo la triste careta del fracaso, juegan estúpidamente a los naipes...

Ruinas, siempre ruinas. Y esta Ifigenia mirando al mar es demasiado engolada[39]. Al fin, clásica. Aquí una

---

38 Verso de la «Canción del pirata», uno de los poemas más famosos del siglo XIX, de la pluma del poeta romántico José de Espronceda (1808-1842).

39 En la mitología griega Agamenón debe sacrificar a su hija Ifigenia para que sus barcos puedan continuar el camino a Troya. Pero Artemisa salva a la joven y la convierte en sacerdotisa suya, encargada de vigilar el mar y sacrificar a los extranjeros que lleguen a la isla de Táurica, entre ellos su hermano Orestes. Jarnés parece aludir específicamente a un cuadro con este motivo, la *Ifigenia* del pintor alemán Anselm Feurbach (1829-1880).

góndola, con Otelo[40]... ¡Al nicho! Se acabó el encasillado.
Hay aquí distribuidas algunas docenas de amores sin
brújula. Corazones hechos brasa, por orden alfabético.
Tengo al alcance de mis manos los resortes de cien intimidades torturadas, los hilos subterráneos de cien eróticas vehemencias. Condenso en mi fichero toda la medrosa electricidad que no se atreve a estallar en las aceras, en los
salones, en los palcos. En cada celdilla, al amparo de una
letra indiferente, rebullen muchedumbres apretujadas de
imágenes en fiebre, que pugnan por hacer rasgar sus me-
ninges bajo la caricia de unos ojos...

Porque tú no prefieres –¡oh, Amor!– las grandes ave-
nidas; gustas del laberinto y la penumbra. Y este es lugar
muy propicio donde ceñirse tus enmarañadas sendas. Aquí
tus pasos no delatan, tu perfume no provoca, tu imán no
arrastra espectadores. Te deslizas, te filtras, sin esos carteles vocingleros del amor que se alquila. Te anuncias, a
lo más con un volteo de abanico, con la caída de un pañuelo, de un párpado.

Aquí vienes, zigzagueando, bajo antifaces de desdén
o indiferencia. De tus volcánicos ímpetus apenas se hace
visible la línea quebrada de un jadeo. Siempre las manos
que aquí rasgan un sobre suelen ser epilépticas.

Por esta red postal –¡oh, Amor!– cruzas química-
mente puro. De alguna larga noche de insomnio, tantálica
red, apenas llega aquí unos minutos hechos tímida frase,
rebelde a la sintaxis, pudorosa palpitación informe; de
alguna desesperada tarde, consumida en una espera,
apenas llega a este recinto un reproche incoherente; algún
cerebro que ya sintió la pesadumbre de guirnaldas nup-

---

40   Otelo, protagonista de la tragedia *El mercader de Venecia* de Shakespeare
      y paradigma del hombre obsesionado por los celos.

ciales, se retuerce dentro del sobre buscando un embozo lírico, una última virginidad poética, donde esconder rojos recuerdos. ¡Porque el espíritu es el último en perder la doncellez, como también es el último en conocer el arte de ofrecerse desnudo!

La más hirviente voluptuosidad viene a esta red tamizada por delgadas telas de silencio, estilizada por cables de distancia, posada en grandes tinas de soledad. No alaridos de la carne, sino el gemir –hecho canto– del alma. Del más atribulado corazón apenas llegan susurros, como de un lejano bosque, tronchado por la borrasca, suelen llegarnos sollozos. Sollozos desprendidos ya del corazón, cuajados en letras, en frases que persisten mientras el frenesí se apaga y tuerce su rumbo el huracán.

Soy un mudo entomólogo de millares de instantes despavoridos que intentan reconstruir esa hora feliz, de la que son esquirlas. ¡Qué vana pretensión! Al fijarse en estos cartones, en estos papeles torturados, el amor se desprende totalmente de la rama nerviosa, se objetiva, paladea una incógnita esclavitud que al principio creyó amarga; pero, al fin, al revés que un coleóptero, la afirma como su verdadera libertad. Se hace independiente, se depura dentro de su menudo archivo.

Cuando el amor llega a este panal alfabético, a esta prisión celular de los amores, podrá quizá extinguirse una fiebre, pero queda la vibración. El amor se hace fórmula, forma pequeña, ingrave, con alas de abstracción, que se mantiene flotando sobre el desmoronamiento de las formas concretas, que desdeña los convencionales casilleros del tiempo, que se libera del propio corazón donde ha nacido, que ya no sigue otro ritmo que el ritmo de mis manos, últimos tentáculos de este enorme pulpo que con tanta frialdad une y desune dos almas, acerca o separa dos deseos.

¡Ventanilla postal! ¡Eres testigo de los más alborotados sucesos del espíritu, sin que por ello pierdas tu serenidad de máquina! ¡Hucha donde en silencio caen las monedas de oro, las pocas monedas de oro que la vida suele repartir a sus amigos fieles! ¡Hermética celestina oficial! ¿Soy tu criado y no enrojezco de vergüenza? Yo –opositor número 7–, que algún día he de subir a la plataforma de un aula para revelar a un grupo de alumnos las excelencias del amor puesto en impecables endecasílabos; yo, inquilino de orbes poéticos consagrados, ¡sumido aún –por exigencias económicas, por un duro imperativo vital– en esta espesa maraña de plana de sucesos! ¿Cuándo acabaré de repartirme entre el amor frenado en puros sonetos y el cínico amor en prosa canalla, repleta de errores ortográficos?

Por mis dedos cruzan fórmulas plebeyas, ritos inconfesables de la masonería pasional que no reconoce casilleros sociales. Todo lo episódico, todo lo esporádico del amor; todas sus monótonas tragedias. Fluyen por mis dedos anuncios de rupturas donde se pronuncia la palabra metafísica *imposible*, la palabra ética *marido*, la palabra sacrosanta *Dios*; pero también anuncios de fechas exactas, donde las palabras se reducen a un esquema universal seguido de un candente posesivo.

¡Delitos de amor! ¡Leyes de afinidad que el código no conoce! Lo que no puede confiarse a un criado, lo que no puede susurrarse por teléfono, cruza por estos dedos míos,

sumisos a una nómina, por estos dedos míos ya encalle-
cidos de tanto manipular con lava.

—Elvira de Pastrana.

Soy el colaborador desconocido de millares de pasiones sin fortuna, sin cauce libre... ¿Sé yo, acaso, qué blasfemia, qué sarcasmo, qué insulto a alguna ley divina o
humana voy a dejar en manos de esta mujer impaciente
que por tercera vez se acoda en el alféizar?

¡Alguna sacerdotisa del amor furtivo! Pero, ¿por qué,
si recuerdo su nombre, aguardo a que ella misma lo repita?

—¿Dijo usted...?

—Elvira de Pastrana[41].

¡Farsa! ¿Cómo puede llamarse tanta mujer Elvira,
Teresa, Leonor, Ofelia o Magda? Al llegar aquí el amor
cambia de nombre. De Antonia se convierte en Estrella.
De Pepe en Abelardo o en Raúl. Conozco mil casos...

Es la misma letra. Son ya tres las que recibe... No
quiero impacientarla. Destrozaría el abanico, el pañuelo;
sacaría de quicio la cerradura del bolso... Cuando pongo
en sus manos el sobre se rozan fugazmente nuestros dedos.
Trae exceso de corriente.

Veinte pasos hay desde la ventanilla a la escalera. Al
octavo ya devoró la primera carilla; al decimoquinto, las
tres. Busca afanosamente la cuarta, no escrita. Zozobran
sus ojos en la paginita blanca, persiguen inútilmente un
vacío. Baja, releyendo, los peldaños.

¿Es una pasional? En todo caso sus reiteradas agonías
no han relajado su contorno. El amor no fue en ella anár-
quico, ni siquiera panteísta; fue arquitecto.

¡Carne de la mujer, divina arcilla! Hay un amor que

---

41   Elvira de Pastrana es la protagonista femenina del poema de Espronceda
      El estudiante de Salamanca, de tema donjuanesco. Elvira muere de locura
      al ser abandonada por Don Félix de Montemar y le escribe una deses-
      perada carta a su infiel amante. En la historia literaria ha quedado como
      paradigma de la mujer etérea del romanticismo.

no conoce límites. De todo el mundo se construye una pirámide y coloca en el vértice a la mujer. O se construye un gran circo y la sitúa en el centro para que en él se crucen todos los deseos...

Debe de ser extranjero, porque los sellos son de Bélgica. Vienen perfumadas de jacinto, como el pañuelo de Elvira. Antes de besarse los espíritus, se besan los perfumes. Se funden en uno solo... Yo oprimí el botón, yo di vuelta al interruptor. ¡Infelices dedos míos que habéis establecido tal contacto!

—Vaya a acostarse, si se siente mal. La tarde está muy fría.

¿Es la voz del jefe o la del opositor número 234? Pero no puedo abandonar hoy el alféizar. De buena gana iría pisando la estela de ese aroma, pero este panal de versos me retiene implacable.

Voy extrayéndolos, papeleta a papeleta, del abundante siglo, mientras la máquina postal sigue en silencio su normal dinámica; soy un busto inamovible, limitado por un marco.

¿Por qué asomará el hocico este impertinente animalejo al sagaz forjador de embustes: al deseo? ¿Pude evitarlo? Aquí estuvo una mujer en plena lozanía, en momentos de fiebre que subrayaban, que desnudaban su voluptuosa arquitectura. Se vio cómo toda su máquina perfecta se lanzaba a recoger la onda eléctrica. Se abrió la espita y ella se entregó desnuda. Ojos, boca, manos, todo ardiendo, todo vibrante. Dentro de la colmena transparente, como sobre la platina experimental, se vio agonizar –de puro deleite– un espíritu.

¡Es tan difícil esquivar al sagaz animalejo! Porque echa mano de lo más menudo para justificar su presencia.

Y, ¿por qué justificarme tanto? Surge un melocotón y con él el deseo de hincar los dientes. Vemos una marca nueva de coche... Una joya, un bastón, una hembra...

Habrá que apelar al amor panteísta. Precisamente hoy sobran objetos donde anclar el apetito. La rubia Inés –que dejó a la puerta su señorita de compañía– viene a recoger su carta. ¡Cómo se copian las mujeres! El mismo casquete rojo que Elvira, con el mismo lazo, seguramente con iguales milímetros de ala...

Hoy no hay carta, doña Inés; D. Juan es olvidadizo.[42]

Y doña Inés se va, descorazonada, porque su corazón no está en el casillero. ¿Por qué esta otra muchacha parece una discípula de Elvira en el arte de andar? Sólo que Elvira oprime el suelo con más garbo, como si quisiera arrancar de cada caso la vehemencia del siguiente. Todo en ella avanza en armonía, tan flexible y dócil en cada pieza de su máquina. Y esta otra muchacha cruza el patio como una colegiala, en la que cada miembro va arrastrado por ímpetu distinto. Es una vida sin centrar.

Porque en Elvira, los brazos, la cabeza, los senos, todo el andar es tan buen camarada de las piernas que no se permite romper ni un instante la sólida orquestación. Ni los ojos se tolerarían volverse atrás. Es la mujer que, al andar, ejecuta una danza, la más difícil por ser la más sencilla, la insinuada apenas... Pero si entonces sus miembros armonizan tan bien, en posturas estáticas, ¿cómo no repetirán las piernas y su cuerpo entero el invencible dinamismo de sus ojos? Todo su cuerpo, al arquearse, fijaría sus vehemencias en el mismo dardo...

Ya dentro de mí todas las imágenes de las cosas han

---

42 Alusión a la pareja de amantes protagonistas del *Don Juan Tenorio* de José Zorrilla (1817-1893).

cambiado de estatura. Sólo por haber tropezado con una nueva medida, con un nuevo patrón del orbe que ya, inmediatamente, fue aplicando. ¿Cómo puede sorprenderme el hecho de que todos los sombreros se escalonen alrededor del casquete rojo de Elvira?

Por matices, por la anchura del ala... ¿Por qué con tal solicitud ese patrón, como guardan los físicos el suyo en lo más secreto de una solemne cueva —sagrario de la ciencia—, resguardado de todo agente exterior?[43]

No puedo explicármelo... Pero una nueva medida del universo saca de quicio un arsenal de conceptos firmes. Todo dentro de mí se ha removido: módulos nuevos, mundos nuevos. Así ocurrió también con el módulo dinámico. El andar, el reír, toda la móvil coquetería femenina de la sala central, la fui clasificando con arreglo al espacio que me separa de Elvira, ejemplar de armonioso dinamismo. ¡Qué variedad de escorzos, tan cerca unos de Elvira, otros tan distantes! Desde la estatua, rígida sobre peanas invisibles, que no se mueve, se traslada, hasta la vivaz, inasible estructura, siempre, rítmicamente, en marcha, aunque no rebasen los pies el perímetro de una baldosa.

Y la perenne disonancia, incapaz de someterse a ritmo; y el primor que al andar, se descompone; y el efímero donaire que se destruye al cesar la marcha; y la torpeza de esas mujeres desplazadas de su medio —las campesinas en la ciudad, las ciudadanas en el campo—, que pierden de su gracia en relación a su distancia al elemento propio... También el pato y aun el cisne, delicia de un estanque, son fuera del agua un cómico espectáculo.

---

43   Jarnés alude probablemente a la unidad de medida del metro, cuyo patrón fabricado con platino e iridio en 1889 se conserva guardado en la Oficina Internacional de Pesos y Medidas de París.

Ahora me doy cuenta de la sencillez de su traje. Comprendo que no pueda seducir con él sino a los hombres muy diestros en la difícil matemática de la simplicidad. Aplico mi patrón, comparo, superpongo la sencillez de Elvira a la opulencia de ésta, al barroquismo de aquélla... Que venga otra vez para así refinar esta medida de las cosas, antes de cerrarla cuidadosamente en el sótano, aunque después, apenas suba de la augusta cueva cierto vago perfume de jacinto...

¿Jacinto? ¿Por qué de pronto se instala el jacinto en el corazón de la Botánica? ¿Por qué busco la Enciclopedia para leer aquí la historia del jacinto?

Aprendo cómo se cultiva, sé cuántas variedades suele de él haber en los jardines... ¡Cómo se nos esconde la preciosa ornamentación del mundo! La rica variedad de su flora nos es desconocida. Apenas conocemos la rosa —tan presumida a través de su insoportable romancero—, apenas conocemos el plebeyo rumbo del clavel, lo cursi de las lilas, la falsa humildad de las violetas... ¡Cuánta distancia del jacinto!

Es el rey de las flores. *Hyacinthus orientalis*, evocador de Bizancio, donde generosamente comenzó a prodigarse. Con su redondo bulbo hecho de finas túnicas superpuestas, desde la blanca, más íntima, hasta la rojiza, exterior, tal como el suntuoso equipo de una virginidad de princesa antigua. Algún día escribiré un estudio acerca del jacinto. Me detendré en una especie —el jacinto cabizbajo— que nunca pude ver. Leí que alguna vez los nobles enamorados ingleses pagaban veinte o treinta libras por ese precioso bulbo de túnicas superpuestas. Porque, indudablemente, el ja-

cinto es la más ilustre de las flores —frente a la rosa— y la
más púdica —frente a la violeta—. Su rústica simplicidad
azul puede cambiarse, con un poco de mimo, en una escala
espléndida de matices: morado, púrpura, color de fuego,
color de nieve...

Por eso, todas las flores que se vayan ofreciendo que-
darán instaladas en su exacto hueco, alrededor del jacinto
—foco y presidente—. Poseo la batuta en toda sinfonía de
perfumes, como la poseo en toda orquestación de ademanes: Elvira.

Otra carta. Hoy viene de Barcelona. ¿Irán acercándose los amantes hasta suprimir esta muda estación de tránsito? La pregunta pudo ser frívola, si no hubiera venido acompañada de un leve susto... Sí, algo dentro de mí se ha sobresaltado ante el solo anuncio de esta menuda privación.

¿Menuda? Ahora me doy cuenta de que todo lo voy ya midiendo con mi nuevo patrón de mundo... «Deseo, nada más que deseo», balbuce tímidamente un resto de razón; pero otros deseos tenían fijos sus límites, y este de ahora es un fantasma de quien no encuentro el esqueleto. Se sostiene en pie por alguna insuflación desconocida.

Está aquí; puedo tocarlo y lo toco. Podría hincar en él más agudas saetas de razón, verle las entrañas, analizar este poco de niebla, aplicar el microscopio a esa médula de viento, verlo desmoronarse entre mis dedos...

¿Podría? ¿Podría aplicar aquí las viejas normas –de lógica, de estética, de mecánica– hasta reducir a sus exactas dimensiones este fenómeno cuyo nombre me asusta? ¿Podría utilizar las viejas normas? ¿No las habrá dejado inservibles este módulo nuevo, escondido en el sótano?

Las preguntas huyen azuzadas por la presencia de Elvira: su respuesta. Primero asoma el rojo yelmo, después su boca, de la que sólo escuché un nombre inventado; sus manos, de quienes sólo conocí el ademán de arrebatar una carta como quien se apodera de un trozo de estrella; por fin, sus piernas y sus pies, que hoy como nunca se impacientan por llegar a la ventana.

Lanza su nombre, toda en vilo mientras recorro el pequeño trayecto desde la ventanilla del casillero... pero hoy quisiera contemplar algo más tiempo su tortura. Verdugo de su esperanza, le hago repetir:

—¿Dijo usted?

—Elvira de Pastrana.

—No hay carta, me parece.

—Mire bien, haga el favor.

La carta está aquí, temblando bajo mis dedos. ¿O son los dedos los que tiemblan? Unos segundos más, los precisos para gozar de la incertidumbre de Elvira. La carta está aquí, azorada, crispada, en plena fortuna.

—Sí, aquí tiene.

—¡Ah!

No mira a nadie. De nada se da cuenta. Bruscamente se queda sola en medio del mundo. Se desnuda rápidamente, se sumerge transida de gozo en la onda nueva. Al otro lado de las normas, lejos de todos los hombres, se baña en su propio deleite, sola y cínica.

En al orilla queda su equipo social, la epidermis de su coquetería, el único velo de su pudor... Allí sólo queda la mujer –¡sexo adorable, absurdo, encantador y odioso!–, la mujer aferrada al cable eléctrico que le tienden a través del espacio, abrazada a él, consumiéndose en su corriente de alta tensión.

Toda la casa de Correos, la gran plaza, la ciudad y el mundo entero, se funden en este mar donde Elvira de Pastrana se sumerge abrazada y abrasada por el cable, rumbo a la inmensidad oscura, hasta que toquen sus dedos ese fondo metálico, esa fría tapa del cofre que, al abrirse —boca horrible de monstruo— le hará lanzar un grito. ¡Porque tras ella, más allá del deleite, asomará su rostro inapelable la fosca Eternidad!

¿Por qué, por qué preguntar nada, si por única respuesta se yergue siempre algún viejo verso aletargado?

Es mi memoria un nutrido e impaciente casillero donde rebullen miles de mensajes hacia manos desconocidas... «Yo doy mi vida entera por un poco de amor! ¡Si en ello no hay amor, la doy por nada!» ¿De dónde vienen, por qué vienen estos pájaros a picotear en el alféizar, a llevarse en el pico jirones de papeleta?

De pronto, una mujer alzó su pedestal en medio de estas ventanillas, por donde asoman la cabeza los incansables gnomos, que van sin cesar recomponiendo invisibles tramas de ideas y pasiones, la red subterránea, la red aérea, todas las redes espirituales del mundo, capaces de mantenerlo flotante sobre el reino de la bestia; de pronto, una mujer, traída por el azar, que el azar hundirá en lo desconocido, se convierte en eje de la tierra, puesto que es ya eje de mi vida.

Se apodera del tiempo y, de un trazo vigoroso, borra el pasado, excepto el cable encendido de un verso; llena de brumas el futuro, se declara un único presente. Como si

toda una vida anterior sólo sirviese de antesala donde
aguardar la presencia de esta mujer, que ni siquiera ha re-
parado en mí; como si todo un porvenir sólo hubiera de ser
un polvoriento archivo donde ir almacenando, catalo-
gando, estos menudos recuerdos sin médula, teoría de fantasmas a quienes en vano se busca el esqueleto.

   ¡Si al menos me quedase entre las manos un poco de
deleite, o algo tangible —una carta, un rizo, una sonrisa—
donde reposar los ojos! ¡Pero, tal vez estoy predestinado,
como el viento de otoño, a nutrirme de lágrimas!

   Elvira sale. La veo dar unas señas, hundirse en un
coche... (¡Qué idea! ¡Preguntaré al auriga!) Temblaba de
alborozo, y yo fui el que puso en sus manos la brasa que
ahora está haciéndola arder. Pero si soy el gran sacerdote
de este templo, también soy su primera víctima. Dispongo
del fuego, pero me quemo en el primer holocausto.

   Aquí donde se cruzan los espíritus errantes, el mío
gime siempre encasillado como una carta sin claro destino.
Soy el único preso de una cárcel cuyas puertas voy
abriendo a todos los demás. Desde mi mostrador vendo
fragmentos de felicidad sin reservarme nada... Lo normal
y lo desmesurado de las almas se acurruca en estas delgadas
cápsulas que acuden a filtrarse por los muros de la gran
colmena.

   Lo más caliente, lo más vivaz, cae en mis manos; lo
que hace retemblar las zonas íntimas. Desdeño la arit-
mética, la dejo rezumar por esas otras ventanillas donde
nunca faltan sucios billetes, monedas resobadas, materia
estúpida por quien el mundo es insufrible. En mi tienda
sólo se admiten vehemencias, incertidumbres...

(¡Preguntar al auriga! Pero el auriga sabe tanto como yo. La dejó en una tienda de muebles... ¡No puedo seguir la pista!)

La cárcel me agobia. Se siente que el alma va a echarse a volar... «Igual que los niños, cuando les asoman los dientes, sienten en las encías un picor y un cosquilleo doloroso, así también padece el alma a quien apuntan las alas...»[44]

(¡Qué brinco! De Platón debo saltar a Cloe. ¿Qué viene a buscar aquí la campesina analfabeta? Ha perdido su refajo y su falda de volantes; su roete ha sufrido un delicioso tijeretazo, ha comenzado a acentuar el rojo de su boca, la sombra de sus pestañas...; pero, ¿habrá añadido a su agreste educación un codo?

—¿Es usted? ¡Cuánto me alegro! Si quisiera leérme... la. Porque no puede una fiarse.

—Con mucho gusto.

—Es del marqués. Está en Barcelona. Yo sólo comprendo las cifras...

—También el resto puede ser interesante. ¿Por qué no aprende a leer?

—Tengo veinte años. Me da mucha vergüenza...

—¿Quiere usted ser mi discípula?)

---

44   Jarnés cita unas líneas del *Fedro* de Platón, uno de los libros clásicos sobre el tema del amor. Platón compara el alma con un carro llevado por un auriga y explica el primer enamoramiento como un salirle alas al alma.

Está aquí, él está aquí. La carta viene hoy del interior. Cuando Elvira se apodera de ella, su impaciencia rompe todas las esclusas, me salpica, me inunda. ¡Hombre al margen de un torrente donde quisiera ser náufrago!

Ni siquiera se aparta de la ventanilla; aquí mismo rasga el sobre, recorre veloz los tres renglones... Porque sólo son tres renglones; alguna cita. En su jubilosa turbulencia deja caer sobre el alféizar un pañuelo y un guante. Intento llamar:

—¡Señora, el pañuelo!

Me es imposible. La voz se me hiela en los dientes, se me seca en los labios. Quisiera saltar por la ventana; pero unas manos de hierro me tiran de los pies, unos brazos de plomo se me enroscan en la cintura. Soy un paralítico sumergido en una quieta colmena.

Elvira no ha vuelto la cabeza. Irrumpe en la calle con la altivez de un campeón. Triunfal, arrolladora, rebosante, desaparece dejando flotar un poco de espuma. ¡Plumón de nieve, desprendido de un pecho que nunca latirá al compás del mío!

Y unas iniciales. A. P. Con estas dos letras puede construirse un nombre a capricho, imponerlo a un espectro. Me hundo con él en la vorágine del placer hasta que una ola pérfida me lo arrebate para siempre. Hoy mismo, esta misma noche, quiero entregarme al vértigo insensato. Que alguien se siente en mis rodillas y me arranque esta niebla de los ojos.

¡Mimí, Jarifa, Teresa...![45] Apartad de mí el pavoroso minutero, que va filtrando sus gotas de plomo derretido sobre mi cráneo, como en el tormento medieval! ¡Haced saltar en pedazos esta roca rezumante que le amarga! ¡Quiero brincar en vuestros brazos sobre este eterno minutero! ¡Hundirme en un ebrio futuro!

Porque si dejamos de pensar en ellos, el pasado y el presente se destruyen. ¡Prender en mi carne una voluptuosidad sin freno, comienzo de un tedio que todo lo enmohece y aniquila! Sólo así podré recuperar el dominio del orbe, tomar el mando de mi propia voluntad, rectificar los módulos de las cosas, el patrón del universo.

Quiero estrangular mi amor en su propia cuna. ¡Mimí, Jarifa, Teresa! ¡Llevadme con vosotras!

Terciada la flamante capa de hedonista, recién bordada de lentejuelas de razón, irrumpo en el ruedo placentero. Una lozana andaluza –lo provisional femenino– me recoge la capa y la cuelga en un perchero donde hay ya algunos otros sistemas filosóficos inservibles. Jarifa se me ciñe, me reconoce:

—¡Eres Félix de Montemar!

—Ven, Jarifa, trae tu mano. Ven y pósala en mi frente... Tú también, como yo, tienes desgarrado el corazón.

---

45   Mimí es la amante de Rodolfo, el poeta protagonista de la ópera *La Bohème* (1896) de Giacomo Puccini. Jarifa es la protagonista femenina de la novela morisca *Historia del Abencerraje y la Hermosa Jarifa*, y modelo de esposa noble y bella que acompaña a su esposo en todas las adversidades. Y Teresa alude a Teresa Mancha, la joven que se fugó por amor con el poeta José de Espronceda.

La carcajada es espantosa. Todas las rameras se abren
el pecho, se arrancan el corazón y se lo ofrecen, hecho jirones, al estudiante de Salamanca. A mí!

—¡Siempre igual! ¡Necias mujeres, inventad otras caricias...!

Salgo bruscamente, dejándome la capa, e irrumpo en
el vestíbulo de un teatro. Me siento en una butaca a ver
llegar los embozados. ¡Hernani! ¡Hernani![46]

De pronto, en un palco, ¡ella! Y a cada lado un hombre.

¿El triángulo? ¿Quién de los dos?

¿Qué me importa? Emprenderé la fuga. Todo esto es
estúpido, cruel. Arrojaré el pañuelo a la calle, su nombre
a los traperos, y con él este tormento irrisorio.

¡Los tres! ¡Los cuatro! El marido puede ser un obstáculo cómico... También lo puede ser un novio... ¡Pero un
amante es siempre un obstáculo trágico! Un novio y un
marido pueden ser dos animales domésticos, pero un
amante tiene algo de domador. Cuando no es un astuto
empresario... ¡Hundirlo todo en el olvido! ¡Romper los
cables! Porque si el amor puede dividirse en dos parcelas,
la doméstica y la poética, Elvira supo juntar impúdicamente las dos.

Ahí están, encarceladas en un palco... ¿Qué me
queda? ¿Werther? ¿Epicteto?[47]

En un balcón, dos siluetas enlazadas inician un vals.
Son dos siluetas de mujeres que bailan alrededor de un
gramófono. El vals sigue girando en su siempre redondo
imperio; el gramófono remeda gemidos de arpa y suspiros

---

46 Hernani es el nombre del protagonista del drama homónimo de Víctor
Hugo, paradigma del teatro romántico. Su estreno en 1830 provocó una
pelea en el teatro entre románticos y clasicistas.

47 Werther es nuevamente otro personaje que encarna las características del
héroe romántico, desbocado por sus pasiones. Protagoniza la novela *Las
cuitas del joven Werther* (1774) de J.W. Goethe. El filósofo griego Epicteto,
por contra, encarna las virtudes estoicas de apatía y ataraxia.

de lira: una caja de recuerdos sonoros que se vierten sobre los noctámbulos.

Me detengo bajo el balcón de dos Julietas, simulo un vagabundo Romeo[48], fijos los ojos en un charco donde está prendida la luna. Arrojo al charco el pañuelo... Pero el gramófono se ha vaciado de su vals. De las dos siluetas, sólo queda la más fina, que se acoda en el balcón, ya hecha corpórea, vagamente rosada. ¿Cómo arrojar ahora el pañuelo? La silenciosa huésped de las nieblas advierte esta actitud. Fijo en mis ojos su extraño rostro está...

Una frente se derrumba –pálida– sobre la palma de la mano. ¿Solloza? ¿Rueda su llanto hecho líquidas perlas? Desaparece. Luego, nada. Acaso en el marfil sumiso del piano, como en un sueño de cisnes, flotan dos manos blancas... Un pasado alza el vuelo.

¡Tener al menos un pasado donde reclinar la cabeza! ¡Reliquias del corazón donde vaya posándose el polvillo impalpable de las horas! ¡Vivir sediento siempre, aprendiz perenne del dolor, maestro único! ¡Música, lengua genial que inventó el amor para el amor! ¡Único idioma donde la idea –esta púdica virgen a quien ofenden las sombras– puede guardar sus velos intactos, entornados los ojos, hermética la boca! ¡Idea entre brumas, hecha rítmico aljófar![49] Puro sollozo.

El mismo idioma tembloroso de la luna y las nubes. El mismo idioma de este pañuelo que alzo como una santa reliquia, hasta mi boca... Ahora comienzan a hablarme todas las cosas, desde el piano, desde la cristalina esfera...

¡Werther, fuiste un majadero! ¡Y tú, Epicteto! ¿Para qué destruir bruscamente el futuro ni morder el helado filo

---

48　Romeo y Julieta, naturalmente, modelos del amor más allá de la muerte desde la inmortal obra de Shakespeare.

49　*Aljófar*: perla irregular y, comunmente, pequeña.

del momento presente? ¡Crear, crear un pasado a nuestro antojo y descansar en él como en un cojín en el que cada pluma sea una de nuestras plumas rotas, una de esas plumas –¡oh, divino Platón!– que al nacer duelen, como los dientes en las encías del niño!

Vuelve el pañuelo a su nido; calla el sumiso marfil; en el charco, la luna no riela, se salpica de barro. Las doce dan en el reloj vecino.

¡Otra carta! Esperar otra carta y con ella el deleite de volver a ver a Elvira. Para ella, unas frías palabras escritas en la mesa de un hotel, mientras aguarda el desayuno; para mí ella misma, sus ojos voraces, sus labios delgados, donde el beso se sutilizará como las palabras, perdiendo lastre sensual, hechos uno y otras aéreas cápsulas donde vuela el espíritu.

¡Volverla a ver! ¡Qué importa todo lo demás! Lo demás, unas sombras que suele ahuyentar la soledad, esta hermana de luto que se sienta en silencio junto a mí, que acude todas las noches, todos los días, a acariciarme y a sosegarme. Ahora mismo, entre el torbellino postal, siento que sus manos me recorren la frente...

Se deslizó sin ruido, pálida y grave. Se sentó al borde de la mesa, y ahora contempla mi quinto borrador de soneto. Después abate sus manos sobre el papel, borra tres versos inseguros, sollozantes... Me dice:

—No confíes tu dolor a la retórica. Es una profanación. Como nunca podrían las palabras expresarlo, como tu hablar –que es tu misma esencia espiritual– es incorrecto, caprichoso, y la pobre retórica de las aulas odia la bruma, la vacilación, deja que tu inquietud y la retórica se divorcien definitivamente. Sé avaro de tus propias quimeras; no las derrames sobre el mundo, que no sabría comprenderlas, porque la palabra más sutil nunca pudo revelar toda la maravilla de un alma poética. Si, como tu infeliz rival, pudieras escribirle cartas a Elvira, tu riqueza interior se iría disipando lentamente, la verías convertida en sucios billetes resobados en la feria del mundo, eso que hoy es preciosa barra de oro, valor sumo. Cuando entregas una carta a Elvira, le das un poco de retórica gastada, un papelote que ya se deslizó por otras muchas manos, grasientas, torpes quizá, menos triviales. Deja que ese amor, como el billete, se borre al través de infectos canjes.

—Es un sofisma el tuyo –respondo–. Yo sufro; para ellos el amor sólo es delicia.

—Como para ti, es para ellos inquietud. Pero la tuya es de más alto linaje. Esa onda de tristeza que amenaza hundirte en el abismo sólo conseguirá sacudirte, desprender de ti todo poso de materia, revestirte de intacta espuma. Sobre el pronto fracaso de esa vulgar aventura, crecerás tú, príncipe del amor, ya crecidas las alas que hoy te nacen. Recuerda siempre la genial metáfora: los niños gimen cuando les asoman los dientes; los hombres, cuando les apuntan las alas.

Sobre una mesa de pintado pino, melancólica luz lanzan mis ojos[50]. No escribo. La lección va serenándome. Mi inquietud va acostumbrándose a reposar sobre unos pálidos recuerdos. Ya tengo un pasado que recorrer, y cualquiera tiempo pasado fue lo mismo. Su calidad de pasado lo unifica todo: anécdotas felices, horas de espanto, goce y pesadumbre, allegados son iguales. Una férrea categoría lo va invadiendo todo. La inquietud fracasada en cada minuto del presente va descansando ya tranquila en el pretérito.

Sí, iré. Iré poco a poco adquiriendo la certeza de que el amor es una tan complicada como dulce operación de la memoria. Seguiré ya siempre reclinando la cabeza en fiebre sobre el cojín aristado de una categoría: el tiempo.

Antes coincidían aquí, en la misma tarde, la carta y Elvira. Pero hoy Elvira no viene y ya hay dos cartas esperando..

¿Quién es esta muchacha? Gordinflona, estúpidamente risueña...

—Doña Elvira de Pastrana.

—¿Cómo?

---

50 Jarnés remeda aquí los versos iniciales del Canto I de *El Diablo Mundo* (1840) de Espronceda: «Sobre una mesa de pintado pino / melancólica luz lanza un quinqué».

—Doña Elvira de Pastrana.

Repite el nombre torpemente como si lo acabase de aprender en una edición económica. La miro con tal ansiedad que la muchacha se disculpa, aclara:

—Es mi señorita, ¿sabe? Ella no puede venir...

—¿Está enferma?

—Es otra cosa.

Lo dice con tal retintín de indiferencia que me deja estupefacto. Pienso en no entregarle nada, en pedirle la dirección... En mil cosas impertinentes. Tengo miedo de que ahí mismo, en la esquina, muestre la carta a cualquier amiga, diciendo:

—Líos de mi señorita, ¿sabes? Como ella no puede salir porque el señorito la tiene en un puño... ¡Es que abusaban!

Tiemblo ante la idea de que por algún descuido resbale y caiga al suelo esa carta, a merced de un desaprensivo.

—¿Sólo una?

—Sólo.

—Me había dicho que dos.

—No hay más.

Doy la carta a la muchacha que, con ella en la mano, sale precipitadamente. Lo que para Elvira fue el momento más rico, más granado del día, para esta muchacha es un molesto deber más que cumplir, un momento sin contenido propio: comprar chuletas, recoger un sombrero, ir por las cartas...

Elvira estará allí, tras los visillos, espiando la llegada del amor perseguido. Cuando vea sólo una carta crecerá en ella el afán de huir a buscar la segunda. Nunca falta el pretexto supremo... Burlará toda la vigilancia, se abalanzará a esta ventanilla, suplicará con los ojos, con las manos... La impaciencia acentuará el rojo de sus labios, crecerá el temblor de sus dedos engarabitados.[51] Sus ojos lanzarán reproches mudos si soy un poco tardo...

Cada vez más impertinente, aparece de nuevo −¿han pasado seis días, ocho?− la rolliza muchacha. Dobla el sobre despectiva, lo hunde en su bolsillo sin cerradura, roto el muelle, que no ajusta. Tiemblo de nuevo por la carta. De las dos, entrego la primera, y la muchacha sigue preguntando:

—¿No hay otra?

—No.

Contesto secamente, y ella, un poco intimidada por el galón de mi gorra, no se atreve a replicar. Seguramente su novio es soldado y tiene algún confuso sentido de las jerarquías exteriores.

Dos meses sin verla... ¡Horrible incertidumbre! ¡La vida es un perpetuo vagar por esta jaula, desde cuyos barrotes se atisba la llegada de un ensueño voluptuoso! ¡Fuera de aquí! Pasearé al azar, curvado mi dolor, al margen de los hombres y las cosas.

En el campo intento hallar un aire nuevo, una ráfaga de viento virgen de sonidos, de murmullos que me recuerden a Elvira, fresca y afilada, que se me filtre en el pecho y lo ensanche... Pero el campo no logra esponjar mi oprimido corazón; su soledad me abruma, lo mismo que el estrépito de la calle. Mi inquietud ya no se nutre de la rica plasticidad presente de Elvira, del timbre de su voz, que repetía el propio nombre a mis instancias, fijándose así

---

51 *Engarabitados*: agarrotados, paralizados por dolor o frío.

cada vez más en el recuerdo. Al goce de verla, quería entonces añadir la voluptuosidad de seguir oyendo... ¡Ahora me contentaría con el leve crujir de sus zapatos, con una delgada estela de su perfume, con algo tan cercano a la nada como una abstracción!

¡Si este guante que estrujo entre mis dedos –pobre molde vacío, mutilado– conservase un poco del calor de su pulso! Pero nada recuerda de ella este poco de aire aprisionado, ¡guante arrojado a mi cara por el irónico destino!

Otra vez, en la butaca, frente al palco de Elvira, quiero evocarla, reconstruirla, verla aparecer... ¡Ay! Tropecé con una infeliz suplantación. Una frívola mujer lanzaba al ruedo sus sonrisas mercantiles; Jarifa, desde el mismo asiento en que Elvira –instalada en el vértice del triángulo doméstico– regateaba la divina inquietud de su mirar... No volveré ya al teatro. ¡Allí sólo queda un palco profanado!

¡El tedio! Aquí está rozándome los hombros, hermoso como Satán, frío como la víbora, pensativo como la sabiduría, ofreciéndome su amistad. Quiero relevar a aquella mi solícita hermana que, en silencio, se acurruca junto a mí: la soledad.

¡Aquí llegó el implacable asesino de la vida, el lento verdugo del amor! Antes la desesperación. Ser como el viento de otoño, que sólo se alimenta de lágrimas... ¡Perseguir, seguir persiguiendo un pálido relámpago a través de las nieblas!

La espero siempre. Porque la tengo prendida por el hilillo invisible de una carta, siempre igual a la anterior, de Barcelona o de Bélgica, con el mismo perfume de jacinto, con la misma letra nerviosa y apretada. Quizá con igual contenido, excepto los grados de fiebre. Tengo sujeta a Elvira por su propio amor, al mismo tiempo delicia y tortura.

Vendrá algún día, y estas manos, estos ojos o esta mi voz han de revelárselo todo. Arrostraré mi negro destino. Prefiero añadirle sombras a detenerme aquí, paralítico de una emoción. Que mi amor bracee en la onda cada vez más turbia, náufrago definitivo. O vencedor.

¡Otra vez la doméstica! De nuevo su gesto impertinente al recoger la carta, su desesperante ademán de protección...

No puedo resistir más tiempo. Hoy quiero seguirla. Salgo detrás de la muchacha, que toma un tranvía, baja en una esquina donde le hace señas un hombre...

Tras los cristales de un café sigo espiando. Ríen, se empujan, se boxean. Él pide algo –besos, dinero, prórroga de la cita...– Pasa el tiempo. Cuando la charla cede, ella muestra la carta; él pide más tiempo, un tiempo que apenas sabe con qué llenar. Cuchichean mirando el sobre misterioso, que acaso –de pronto, siempre la idea del crimen surge de repente– tiene desde ahora un sentido económico que explotar... ¡Cómo se divertirán el domingo a costa de la desesperación de Elvira!

¡La carta! ¡Salir, arrebatársela, golpear a estos gaznápiros que la profanan, empujar bruscamente a la doméstica para disminuir la dolorosa impaciencia de Elvira! ¡Allí estará, tras los visillos, crispados los puños, atisbando a hurtadillas de algún furioso Otelo! Se separan, al fin. La fámula[52] se asoma a despedir al amante, mientras Elvira rasga nerviosamente el sobre.

Antes el amor me inmovilizaba dentro de un marco

---

52 *Fámula*: criada, sirviente.

en hilera con otros marcos inmóviles. El amor es ya más ágil; me hará andar todas las noches un mismo camino, detenerme en el mismo café, contestar al saludo del mismo camarero, gratificar a la misma portera, detenerme frente al mismo balcón, atisbar el paso de la misma silueta...

El museo de emociones ha crecido, aunque también se ha adelgazado. Es pura geometría plana lo que antes era armonía de volúmenes. Los visillos implacables reducen a Elvira a una sombra, a un perfil innumerable. Pero de ella se ha borrado el color, la vibración, el perfume, todo eso que sería delicioso seguir alimentando en un pañuelo, en un guante, en una locura. Soy un perrillo que viene al pie de estos muros sellados a recoger las migajas de una sombra, el hueso de una silueta...

Y poco a poco se desvanecen los colores, los perfumes, las curvas, lo deleznable y caedizo; sólo queda cierto esquema de Elvira; su fiel geometría. Ahora sólo adoro un perfil, el de un nombre, el de un guante vacío.

Nadie viene a recoger estas tres cartas. ¿Qué habrá sucedido?

Corro a mi atalaya. Tras los visillos se agitan esta noche unas manos, voltean unos papeles... Pero a veces una menudencia sabe poner en juego toda nuestra máquina...

Elvira y un hombre se mueven nerviosamente; ¿disputarán sobre la compra de un coche o de un sombrero?

O quizá...

¡Terrible incertidumbre! ¡Si la sospecha fuera cierta! ¡Aquel par de mozuelos que reían juntos contemplando el sobre! Acaso hoy ríen también juntos con el precio de una villanía...

¡Elvira! Aquí está Elvira. Entra de pronto, seguida del hombre, de uno de los hombres del palco. Ambos se lanzan a la ventanilla. Elvira trae un color de alabastro. Llega trémula como Desdémona[53], sin seda en las mejillas, sin rojo en los labios, caídos los brazos, vencida. El viene apoplético, deforme, rugiente, chispeantes los ojos.

Se oye una voz de trueno:

—¡Elvira de Pastrana!

¡Al fin solos! Sobre el ronco oleaje del marido, sobre la turbulencia de sus puños que le saltan de las manos, sobre la borrasca incontenida de este hombre burlado, dos corazones flotantes sobre las olas, se enlazan, se contemplan, se adivinan. El ronco oleaje sigue.

—¡¡Elvira de Pastrana!!

Nuestras dos miradas se funden. Angustia en las de ella; serenidad, firmeza en las mías.

—Ahora mismo, señor.

Aquí están las tres cartas, por orden de fechas. Aquí están, provocando la catástrofe. Burlonas, incisivas, satánicas. Las miro pausadamente y vuelvo a la ventanilla con las manos vacías.

—No hay nada.

Me tiembla la voz al decirlo; pero ¿qué mar tempestuoso fijará su atención en un pájaro aturdido que pasa rozando la espuma?[54] Me tiemblan la manos; pero ¿qué ola bravía se detendrá a medir la oscilación de un pobre esquife[55] que zozobra?

—Mire usted bien, haga el favor.

---

53 En el drama de Shakespeare, Desdémona es la esposa de Otelo a la que éste mata en un ataque de celos, para descubrir luego que siempre le fue fiel.

54 Jarnés podria estar evocando aquí las imágenes de los versos finales de una famosa traducción que Fray Luis de León hizo de un poema horaciano. Así, en la Oda IX del libro III Lidia compara a Horatio con «un mar tempestuoso», «más que pluma ligero».

55 *Esquife*: barco pequeño que se lleva en el navío para saltar a tierra.

¿Debo contestar a tal impertinencia? Pero entonces mis manos se entregarían a una danza frenética, reveladora...

Prefiero hundirme otra vez, siempre en silencio, en la colmena postal, entre mis papeletas.

Vuelvo y digo sencillamente:

—Repito que no hay nada.

Y haciendo heroicos esfuerzos miro gallardamente al energúmeno.

¿Una blasfemia? ¿Un rugido? Vuelven la espalda. Elvira es arrastrada en dirección del vestíbulo. Apenas hubo tiempo de mirarla.

Ahora sí, ahora la veo girar la cabeza como a un niño a quien arrancan de algún delicioso escaparate... Y por última vez se encuentran nuestras miradas. Ya cerca de la puerta, mientras el energúmeno se calza los guantes, Elvira se queda un poco atrás, mira en torno rápidamente...

—¡Elvira! ¡Mi amor!

Alza la diestra a los labios. Rozan su boca exangüe las puntas de los dedos... Me lanza un beso.

IV
Mi analfabeta
(Edad contemporánea)

LA BATERÍA DE FRASCOS –infantes heterogéneos de un minúsculo ejército de la salud– evoluciona alrededor del tarro de claveles, acaba por apiñarse bajo el fresco ramillete encendido. Así, en la clausura de un congreso de medicina, se agrupan ante el fotógrafo, alrededor de la doctora joven de insultante belleza, todos los ceñudos químicos asistentes.

¿Quién me despertó? Tal vez esa roja vibración desaforada... La batería de frascos, al verme abrir los ojos, se ordena dócilmente en una fila, a lo largo de la mesa, atropellando mis papeletas de Larra, mis papeletas de Espronceda. Todo se aquieta, se posa, al verme despierto. Y el opositor número 43 sonríe al ver mi estupefacción. Con aire de cómplice, desliza en mi oído un enigma:

—No creo que tarde.

¿Quién? ¿Elvira de Pastrana? ¿Juno? ¿La serranilla del marqués? ¿O, sencillamente, se trata del médico? El opositor número 43 señala a los claveles y, socarrón, sonríe:

—Cosas de ella.

Me toma el pulso, me arregla el embozo, me da una cucharada, sigue hablando:

—Has dormido mucho. Esto va muy bien... Creí que no acababas de pelearte con el Estudiante de Salamanca. Pero no seas anacrónico. Boxeabas con él, y debiste emplear el florete. No creo que el Estudiante supiese boxeo; aunque, a pesar de ello, te ha vencido... Has contado hasta diez.

—¿A mí? ¿Yo?

—Hazme caso. Debes abandonar las oposiciones. Estás muy débil y necesitas reposo, vida salvaje. ¡Vete al campo! Y que aguarde tu Arolas[56] unos meses.

—La oficina...

—Ya tienes aquí tu permiso. Dos meses para reponerte. No fue preciso recomendarlo mucho, porque en la Dirección General conocían el caso. Recordarás el día que tuvimos que traerte en un coche...

No recuerdo, no recuerdo nada. Quizá alguna noche me despedí de Elvira tarde, en plena madrugada, transido de frío, y después anduve errante por el campo insultando a las estrellas, a los árboles... O me olvidé de mí mismo en los brazos de Cloe, empapados de niebla.

—Viene muchas tardes. Aquí trajo una farmacia completa... En desagravio de la torpeza del marqués. Ese hombre es tan bruto, que te dejó con el ataque en medio del arroyo.

—¿Cómo lo sabes?

—Me lo dijo Isabel... ¡Está preciosa! Del pelo de la dehesa apenas le queda ya un rizo. Y, en cuanto supo que tú trabajabas en metáforas, comenzó a traerte claveles. Cree que tendrás el mismo gusto que una tiple[57] cómica. En fin, no puedes quejarte.

---

56 Refiere a Juan Arolas (1805-1849), poeta romántico español de verso fácil y marcado tono erótico.

57 *Tiple*: cantante de variedades.

Ahora recuerdo un mundo de formas silenciosas que vigilaban mi fiebre al margen de toda cronología.

—Ella se empeñó en comprar todos esos específicos.

—¿Cómo habéis permitido?...

—Dice que se los cobrará en lecciones.

—¿Quiere aprender idiomas?

—Sí, el suyo. El marqués pretendió que aprendiese solfeo, y resultó que es analfabeta. ¡Es curioso! Dice que quiere ser artista, y no sabe leer un cuplé... Claro que el marqués puede comprarle un equipo cultural completo..., excepto el buen gusto. Seguramente serás tú quien le amuebles el cerebro, mientras el marqués le amuebla el piso.

Se ríe infantilmente. Es incansable y, a través de su charla, mi impaciencia va tropezando con escorzos de Isabel que ya creía perdidos. Se articulan en mi memoria, retozones, vivarachos, ensayando formas completas. Porque, desde aquella tarde que apostrofé a Wamba, su aparición en mi vida fue siempre fragmentaria, episódica... ¿Por qué burló toda la solicitud del orondo marqués para deletrear mi hoja clínica? ¿Qué le importaba mi fiebre?

—Cuando vio que no estabas en la ventanilla, preguntó a un cartero por ti; recogió tu dirección, se presentó aquí. El marqués viajaba entonces, y yo leí a Isabel una carta coronada, llena de cifras y sandeces... Una carta de ese repugnante vinatero... ¡Es un villano! Figúrate que, cuando volvió de Cosuenda, ordenó a Isabel que aprendiera inmediatamente a leer, para evitar así que nadie lea esas viscosas cartas...

—¿Y ella?

—Quisimos nosotros empezar las lecciones, pero ella se negó. Prefiere ser tu discípula... Tienes suerte; pero te aconsejo que aplaces ese curso, si no quieres cambiar de fiebre... Y la segunda puede ser más peligrosa... ¿Te sientes mejor?

—Continúa.

—Isabel va a dar mucho juego...

De la leyenda de Isabel –forjada en retales[58] de confidencia, con incoherentes experiencias de noctámbulo– van lentamente desprendiéndose capítulos borrosos que el opositor número 43 se afana por redactar en limpio, atildados, de arco y trama perfectos, de epílogo picante. Era muy lógico: una tan sabrosa campesina, en contacto con mundillos sociales refinados, es decir, compuestos de espaldas desnudas y pecheras irreprochables –blancas lápidas sobre el vacío– tenía que producir disonancias, rebullicios, codicias; tenía que enriquecer el anecdotario galante... Además, lo pintoresco, lo truhán...

—Días antes de conocerla el marqués, estuvo ella cenando con unos amigos y amigas que aquí conoce todo el mundo, excepto tú, como siempre. Ellas son de Cádiz. Ya habían bebido demasiado, cuando se acercó a Isabel un viejo lacrimoso, con el smoking lleno de vino, pretendiendo abrazarla.

(Cuando sentí abatirse sobre mis sienes la sombra rosada de un almendro, eran sus mejillas las que empapaban de su color el aire...)

—Fue en el Bar Negro. Tambaleándose –porque estaba completamente borracho–, el viejo comenzó a gritar, imitando a Borrás.[59] «¡Os he de ahorcar, juro a

---

58   *Retal*: pedazo sobrante de una tela, piel, chapa metálica, etc.
59   Alude a Enrique Borrás (1863-1957), uno de los actores de teatro más celebrados de su época, y que destacó por sus interpretaciones de los clásicos, entre ellos *El alcalde de Zalamea* (1636), la obra de Calderón de la Barca de la que Jarnés cita seguidamente algunos versos.

Dios ... Detente, Isabel, detente... no prosigas, que hay desdichas... Que hay desdichas...» Aquello fue una tempestad
de vivas al alcalde y de aplausos a Isabel...

(Cuando sentí sobre mi pecho la dulce pesadumbre de
una bandada de palomas, eran sus manos ágiles las que me
removían y embozaban...)

—Luego comenzó a reclamar a Isabel, para devol-
vérselo a Dios, el honor averiado de la familia. «¡Soy Pedro
Crespo! ¡Soy Pedro Crespo!»[60] –decía–. Pero, al fin, hubo
que echarlo a puntapiés.

(Cuando creía arder al roce de una estrella que se pre-
cipitaba sobre mí, era –¿cómo no lo advertía?– que me ro-
zaban sus labios...)

—Después se armó otra trifulca, porque el viejo
aguardó en la calle a Isabel y continuó preguntándole por
el honor perdido no sé dónde. Acudieron muchos espectadores. Isabel huyó con sus amigos, mientras se llevaban
al *Alcalde* a la comisaría...

(Cuando quise espantar a una abeja rubia que me
arañaba en la frente, me estaban cosquilleando sus pestañas...)

—Pero el viejo, durante el camino, continuó recitando
el drama. Claro es que se organizó una manifestación estrepitosa... Y que, ahora, Isabel es siempre Isabel Crespo.
Y andan buscando al capitán Ataide, de guarnición en Lo-
groño, para preguntarle por el honor del borracho. Ya ves:
tu analfabeta es una estupenda heroína clásica... En fin,
una papeleta más.

(Cuando quise saber de dónde fluía aquella palpitación del aire, si de una tórtola o de un brazuelo de mar,

---

60 Pedro Crespo es el personaje central de *El alcalde de Zalamea* y epítome
    de la defensa del honor y la honra por encima de todo.

era su voz que imponía silencio, creyéndome totalmente dormido...)

—Otro día hubo que pagar una multa, porque tu Isabel dio un escándalo mayusculo. Alguien entró preguntando por el honor de Pedro Crespo, y tu analfabeta –ya un poco bebida– comenzó a repartir bofetadas como jamás se repartieron por ninguna mujer...

Un timbre. El opositor número 43 se interrumpe; aguza el oído; su rostro va tomando una expresión entre beatífica y socarrona; abandona el relato, la silla y la habitación, diciéndome, al deslizarse por el pasillo:

—Ahí la tienes.

Llega a punto de destruir su leyenda. Llega envuelta en una magnífica realidad.

—Estás mucho mejor.

Hoy me estrecha la mano, en vez de tomarme el pulso. Me mira de hito en hito, mientras le retozan las manos, los senos, las palabras. Toda vehemencia jovial, repite:

—Sí, sí, mucho mejor.

—Gracias por todo.

—No, porque voy a cobrarme.

—Me habló un amigo...

—Pero no comenzaremos las lecciones hasta dentro de ocho días. Te traigo más claveles y un libro con figuras: *Para leer en quince días.*

—Me parecen poquísimos.

—¿Tan torpe me crees? –dice con un guiño–. Y cuando pasen los quince días, me aprenderé todos tus libros; sabré tanto como tú. Porque yo sé qué estudias; yo sé por qué caíste enfermo. Te pasas las noches barajando amores y clasificando celos. En todas las papeletas hoy nombres de mujer.

—El arte se inventó para ella. También el arte de escribir.

Me susurra al oído:

—Te faltaba una papeleta donde hubiese algo más que lindos nombres... ¿Quieres estudiarme a mí?

Ríe como un niño. ¿Es esta la mujer agreste que abofeteó a Lulú? ¿Es esta la hembra bravía a quien persiguen para pedirle cuentas por un honor extraviado?

—Sí. Quiero aprender todo lo que tú sabes.

—Bien poco será.

—También quiero saber la historia de esa Elvira que siempre estás nombrando en tus delirios... No, no tengo celos. Seguramente esa mujer es de otra papeleta... O quizá se llama así alguna amiga tuya...

—No, Isabel; yo te juro.

—¿Quién es Elvira? ¡Dime!

—La dirección de una carta.

—¿Y Susana?

—El tedio de una tarde.

El marqués ha salido. Isabel y yo —tenaz opositor número 7— reanudamos la lección. Mi discípula sigue blasfemando de un idioma cuyo vestíbulo es tan angosto. Su impaciencia va disfrazándose de pequeños odios. Abomina de esa inconcebible torpeza en agrupar *eles* y *erres* para añadir problemas al alumno, de la inconstancia de la *c* y de la *g*, que cada vez suenan de modo diferente; de la perfecta inutilidad de la *h*... Protesta contra la plástica infeliz de las mayúsculas.

—Son horribles. El que las inventó no tenía fantasía. Ese feo compás boca debajo de la A es insoportable. Esa barriguita burguesa de la D, esos otros compases gemelos de la M, esa tina sin gracia de la U...

Llama a la R letra con joroba a quien le arrastra un faldón. Y a la G, asa rota que se llevó detrás un trozo de vasija... La Y es para Isabel un proyecto de árbol raquítico, insignificante. La K, un desventurado injerto hecho en el tronco liso de la I, que con tanto peso necesita apoyarse en un rodrigón.[61]

—Y estas ZZ y estas NN son como flejes[62] que no acaban de estirarse...

—¿Y esa pipa tan jovial de la J? ¿Y la graciosa vibo-

---

61 *Rodrigón*: caña para mantener derecha una planta.
62 Un *fleje* es un muelle o resorte.

rilla de la C, condenada a nunca poder morderse la cola?
–interrumpo.

—No, no tenía fantasía. Para construir una letra
nueva apelaba al remedo de otra vieja. Le quitaba a la A
el travesaño, volvía el compás boca arriba, y he aquí la V.
Le quitaba una tablilla al ridículo estante de la E y la con-
vertía en F –que parece una percha–. A ese proyecto de la
letra de la I le añade un travesaño y lo convierte en un patíbulo, en la doble horca de la T. ¡Y de la Q, una O con ese
lacito! Para construir la H sólo se le ocurre juntar dos íes
con un palito. Pone a la D una trabilla[63] y la convierte en
una B. Para construir la L convierte a la I en un recogedor.

—Se olvida usted, Isabel, del gracioso molino de
viento de la X, del cuello de cisne de la S.

—Para hallar una mayúscula bonita tenemos que
hacer crecer una minúscula, como la o, como la s, la x…

—Pero las mayúsculas son letras de estirpe. Tienen un
bello pasado. Le contaré la historia de cada una. Verá usted
cómo el tiempo, lo mismo que deforma un apellido, deforma un contorno.

—No me hable de antiguallas. Quiero que las letras
estén vivas frente a mí, en este cartel. Y sus mayúsculas son
esqueletos de letras.

—¿Por qué a Isabel le encantan las minúsculas?
Habla de la lucecita encendida de la i, de estos lindos cohetes de la b y de la p, de la d y de la q, que llevan su ta-
quito[64] a un costado o a otro, su varilla hacia arriba o hacia
abajo. Y de la sillita graciosa de la h, donde pueden sentarse todas las vocales. No como su insoportable mayúscula
que levanta un andamio para nada.

---

63 *Trabilla*: tira de tela que sujeta el cinturón del pantalón o de la falda.
64 *Taco*: cilindro que se coloca en explosivos o cohetes para que salgan con
    más fuerza.

A Isabel le gustan las minúsculas porque son letras dóciles, redondas, femeninas.

—Si se me dejase contar su historia..

—¿Qué historia?

—La de las letras. Es muy linda. Porque verá... El alfabeto lo inventó un gran tendero...

Mi mano se retuerce angustiosamente bajo las uñas de rabioso corinto. Gimo, casi al oído de Isabel.

—¡Salvaje!

Alza un poco la voz. Justina ha salido, pero no tardará en volver. Mi oído es más fino que su marrullería.

Prosigue el diálogo, un diálogo aburrido, incoherente, el de la lección, subrayado por otro de una lógica inflexible, el del amor.

—Pues sí. El alfabeto lo inventó un gran tendero para llevar a buen orden sus libros comerciales. Luego sirvió para otras cosas... Hasta que cayó en manos de los poetas, que lo dejaron completamente inútil para la vida práctica.

—¡Chiquillo!

—Llegó un día que fue preciso inventar otra cosa. Se inventaron los números. También quisieron apoderarse de ellos los poetas; pero, al fin, salieron vencedores los de siempre, los tenderos. Se han quedado con los números, quieren también quedarse con las letras, con todos los modos de expresar lo que nunca puede tener precio.

—¿Hay algo que no pueda tenerlo?

Vacilo un momento; luego, vehemente, digo:

—Tú.

Isabel me deja libres las manos; humilla su cabeza, se le empañan los ojos. Azorado, rectifico:

—Perdona. Ya sé...

—Que yo tengo un precio... Que aún lo tengo.. ¿Por qué hablas así?

Pero sus ojos azules van lentamente recuperando la infantil claridad; las uñas, su implacable filo agreste. La serranilla se ha refugiado en las uñas. El resto de su caparazón se ha mixtificado en los grandes almacenes, o fue perdiéndose en las altas banquetas de los bares.

—Vuelve Justina. Sigue tu lección.

—Como de las letras ya conoce usted el contorno, voy a explicarle ahora su color.

—¿Su color?

—Sí. ¿No sabe que un poeta ha visto el color de las vocales?[65]

—Otra broma.

—Sólo las bromas de un poeta pueden hacer soportable el mundo, Isabel.

Lo digo con tal gravedad que Isabel me mira compungida y sus dedos recorren aturdidos este menudo bazar de juguetes esquemáticos. Pronto comienza a reír ante las figurillas panzudas o esqueléticas, pesadas, ágiles, largiruchas... Me contagia el guiño picaresco de la ñ, que asoma bajo la contera[66] rosa del índice.

—Cuénteme eso de los colores de las letras. Será una historia muy linda. Y me compraré un traje del color de cada una. ¿De qué letra voy ahora vestida?

—De la A.

—¿La A tiene el color azufre?

—No, la A es negra.

Isabel se mira atónita su vestido color azufre. De pronto adivina.

---

65   Referencia a un famoso soneto de Arthur Rimbaud (1854-1891), donde el poeta asigna un color a cada una de las vocales.

66   *Contera*: pieza comúnmente de metal que se coloca en el extremo opuesto al puño de bastón o de paraguas.

—Ya comprendo... Habla sin miedo. Justina ha bajado a la portería. Vi llegar a su novio.

Se inclina, deja reptar por el hombro derecho el garabato negro de un tirante. La espuma negra resbala por el suave desfiladero de ámbar.

¿Cómo desde un libro de caja de tendero fenicio ha podido recorrer la A tantos kilómetros? ¿Cómo pudo llegar a este poco de nube que sigue resbalando por el paisaje curvo, tembloroso?

La serranilla —como siempre— va envuelta en un sueño de poeta. Pero su piel desnuda es hoy más que nunca estimulante. Acerco a ella mis labios.

—Quieto.

—Ese color de abismo me arrastra.

—Creí que no te gustaría.

—Me gusta, porque en ti, tan clara, lo negro no es símbolo; es, sencillamente, claroscuro, subrayado.

—¡Nunca te entiendo, chiquillo!

—Ni hace falta, delicia.

Y entre un lote de minutos de gran tensión, comenzamos a buscar, lo encontramos, el de máxima fiebre. Naufragamos en él; olvidamos totalmente a Justina, a esta cruel Justina que amenaza siempre con añadir un personaje esporádico a esta escena incapaz de ser compartida. Justina representa la ley. Como un dragón mitológico cualquiera, ronda en nombre del marqués la desnudez ahora vibrante de mi Andrómeda.[67]

Pero la gozosa vibración se extingue, dejando libres todos nuestros miedos. Penetramos en una etapa de escrupulosa ordenación; sometemos a la inflexible norma social

---

67 La bella Andrómeda, como ya se dijo, fue dejada atada a una roca para que un monstruo marino la poseyera, pero finalmente Perseo pudo liberarla.

el panorama de nuestra rebelde indumentaria; Isabel acumula en sus labios el rojo que yo restaño de los míos...

Nos contemplamos impacientes, azorados por no poder detener aquel instante. Burlados, vencidos por el rápido caracoleo del minuto que huye. Isabel, caídos los párpados, susurra:

—¿Por qué me hablaste del color de las vocales? También en ellas tenías escondido un cómplice.

—Perdona. Rectificaré. Quiero que antes las aprendas.

—¡Si ya las sé! Las aprendí en tu boca.

—¿Cómo?

—Yo te diré... Fue la tarde en que nos conocimos.

—¿La tarde aquella de las bofetadas?

—No, la de hace un mes... La verdadera. Te acompañé después a una exposición, donde aprendí muchas cosas, y entre ellas, las vocales. Había allí un cuadro con una mujer desnuda, muy gorda, con un aire de nodriza de pueblo montañés. Brazos hinchados, muslos enormes, ásperas manazas. Llevaba un chiquillo en brazos, también desnudo... Te quedate embobado, abriste la boca... ¡Aaah! Y delante de otro cuadro que parecía un rompe-cabezas, arqueaste las cejas, lanzaste un ¡eeeh! que no se me olvidará nunca. Y aquella carcajada de ¡iihh! ante un mamarrachito de... No puedo recordar el nombre. Y un ¡oooh! ante un paisaje de color castaña, y un ¡uuuf! defi-nitivo ante una cosa que yo no supe si era un apache o un túnel...

Isabel aprendió las vocales según una escala de crítica in-terjeccional mía. Las vocales son otras tantas formas de una boca, que Isabel puede reconstruir con sus besos. Intento hacerlo.

—No. ¡A estudiar! Y sólo las minúsculas. Mira esa letrita de rodillas; es la u. Ese embudito que tiene el pico retorcido es la y. Esta cayadita[68] de obispo, es la f. Esta carita tan redonda, tan ingenua es la e. Esta carita de vieja, es la a... ¿No ves qué divertido?

Mañana pensaré en otra cosa. Ahora las letras son para ella muñecos, menudas cosas sin más sentido que su color y su figura. Están de vacación. No trabajan. Van y vienen inútilmente para que Isabel las conozca, las acaricie, las zarandee. Son coristas que, en un entreacto, bromean con una nueva amiga.

Pero el telón se va a alzar, la obra se reanuda; pronto cada letra acudirá a enlazarse con otra, a formar grupos de dos, de tres, de cuatro. Las verá salir a danzar justas en la página, incrustarse en la palabra, seguir el ritmo total de la frase.

Una letra no es nada, mientras no encuentre su pareja. Las vocales son una cadena de suspiros que buscan su lengüeta donde vibrar, de donde arrastrar un poco de materia sonora. Las consonantes no existen; sólo existen el instrumento de donde pueden ser arrancadas; los dientes, la nariz, el paladar, son depósito de posibles consonantes. Viene la ráfaga interior de una vocal y comienzan a brotar las consonantes.

—Las letras no existen.

—¿Por qué dices eso? ¿No están aquí pintadas?

—Eso son figurillas con las que te diviertes hoy, que mañana seguramente han de aburrirte. Las letras apenas son un pretexto para que en ellas vibre el espíritu.

—¡Qué complicación!

---

68 *Cayada*: bastón.

La lección naufraga en un torbellino de fusas. Pasa un regimiento resquebrajando la tarde. Isabel corre al balcón y comienza a saludar infantilmente a los soldados. En cada fila brotará alguna procacidad que abajo pierde su lastre de gramática y ya llega a nosotros convertida en aéreo requiebro.

Isabel recoge esencias de piropo, destiladas en el breve camino. Como las manos –cómplices soeces, en libertad– están ahora sujetas a un ritmo táctico indestructible, los soldados no pueden rebajar la ilusión versallesca. El guiño de sus ojos es menos canalla. Sólo consigue subrayar pícaramente la frase que al perderse, deje flotar la picardía.

Alguien, desde las filas, alza la mano. Isabel recoge un mensaje para mí desconocido.

—¿Quién es?

Se turba un poco. Por fin, contesta:

—Nadie... Un capitán que... conoce al marqués. ¡Tiene tantos amigos!

Se detiene, atolondrada. Luego repite:

—¡Tiene tantos amigos! Todas las noches me presenta a alguno nuevo. Verás... Ayer...

Va amontonando palabras sin sentido sobre su primer estremecimiento. ¿Retozan sus frases sobre un recuerdo aterido o sobre una viva larva de deseo?

Me recibe Justina.

—La señorita no tardará en llegar.

Es extraño que Isabel no esté ya aquí. Las seis. Apenas ha comenzado el nuevo amor y quizá sea demasiado pronto para que sea preciso azuzarlo con golosinas de impaciencia, con esos espacios vacíos de materia donde se alojan los recuerdos.

Aún puede nutrirse con todos sus presentes momentos; es prematuro buscar en él, como en una cabeza fatigada, grises cabellos de hastío.

¡Qué triste una rumia de recuerdos cuando en un amor todo, o casi todo, está aún por vivir! Pero el recuerdo es algo que inexorablemente se filtra en lo más actual... Ayer es ya un recuerdo. Y cada ayer invade un poco el hoy. ¡Tan delicioso como sería inventar cada día, inventar un presente, en vez de reeditarlo! ¡Qué delicia asestar a cada momento transcurrido un viril tijeretazo! Cada fecha —cada fecha de un amor— con tal relieve que nunca pudiera confundirse con otra.

—¡Chiquillo!

—¡Isabel!

Irrumpe en la habitación, brincando, retozona. Arroja

al azar su sombrero, sus guantes: siembra de sí misma los muebles, el pavimento; su perfume revuela por todas partes. Sus labios ensayan un beso, a diez pasos. Voy a buscarlo. Se me escapa. Lo vuelve a esbozar a cinco. Corro tras ella. Entre risas y con peligro de sus uñas, se lo robo, al fin.

—Estaba pensando en inventar otras fechas para nuestro cariño.

—¿Cuáles? ¿Para qué?

—Para ir escribiendo su historia, mientras la vamos viviendo.

—Yo no sé escribir. A eso vienes, a enseñarme.

—¿Querrías conservar viva aquella noche en que nos estranguló el mismo hilo de agua?

—La noche famosa...

—Sí. El agua nos llamaba como una hechicera de los cuentos. Balbuceaba juntos nuestros nombres. Estabas temblando. Nada había en ti que no se estremeciese.

—Me estaba poseyendo la noche.

—¡No!

—Me estaba enamorando la noche.

—¡No! Era yo, yo solo. Entre la noche y tú estaban mis nervios. No apeles a la noche para mortificarme. Es curioso, mi juguetón Narciso,[69] que cuando alrededor de ti se borran, como entonces, todos los espejos, aún te quedan recursos para quedarte sola con tu propia carne en fiebre. Enamorarte de la noche es como enamorarte de tu propia sombra. Todo lo prefieres a salir de ti.

—No te enfades.

—No quiero que me nombres representante de la noche, comisionista de sombras.

---

69   Narciso era un efebo tan querido de su belleza que se enamoró de su propia imagen reflejada en una fuente.

—Castígame. Sé duro, muy duro conmigo.

Isabel rompe a reír y los dos caemos juntos cerca de la ventana, donde nos aguarda la cartilla. Las letras, ayer tan libres, ayer triscando sobre el papel, vanidosas de su gracioso perfil, se van emparejando. Recorren de dos en dos la página.

—... la... le... li... lo... lu.

—Tu lengua, Isabel, viborilla rosada que aprendió tan bien a asomarse, a hacer guiños, como un piñuelo; tu lengua retozona que aprendió tantas picardías, debe ser ahora dócil a cada vocal, debe modular cada una, añadir a cada una un poquito de música, arrancarle esquirlas de palabra.

—No te entiendo.

—Da lo mismo. Sigue.

—... ta... te... ti... to... tu.

—Tus dientes afilados, tan menudos, de fierecilla sin domar, que tan golosamente se hunden en mi carne, deben ser ahora dóciles a cada vocal, confinarlas, añadir a cada una un poco de dureza, perfilar su vaguedad, empujarlas hacia la firme expresión.

—No te entiendo.

—Da lo mismo. Sigue.

—... ba... be... bi... bo... bu.

—Tus labios, rojo umbral de esos inquietos laberintos que van a dar en tus entrañas, en tu pecho doblemente henchido, en el globito ardiente de tu mismo corazón; tus labios, corazoncito de baraja, deben ser ahora dóciles a cada vocal, añadir a cada una un poco de infancia, de néctar.

—No te entiendo. No creí nunca que juntar unas letras fuese tan complicado.

—Leer es poner en danza toda la boca, es ensayar una cadena de menudos gestos que deben ser tan bellos como los grandes gestos de una tiple que acaba de ver morir a un tenor. Leer es hablar por delegación. Ahora tú no lees, tú estás ensayando en los amores de las letras. La pareja, el trío, el grupo. Cada vez son más penosas de juntar.

—... bla... ble... bli...

Las letras, sumisas, se van apelotonando, se van incrustando en la sílaba. En una cuartilla, con grandes letras rojas, escribo:

—I...sa...bel... no... me... quie... re.

Adivina, mejor que lee. Se arroja sobre el papel, lo hace añicos. Luego destroza la boca amante con sus menudos dientes de fierecilla indomable.

—¡Salvaje!

—Sí, soy todo campo y sol. Nací entre olivos, en la choza de un guarda... Verás.

Desfilan por su boca viñedos, trigales, campos de avena y ababoles. Y un San Sebastián esbelto, un San Sebastián rosado con dos flechas clavadas en un muslo, como dos miradas de hembra en celo.[70]

Aquel San Sebastián presidía desde el retablo los sencillos amores de la aldea, que se practicaban como una fácil industria, como la industria menos penosa. Nadie veía en ellos su sentido ético, como nadie lo ve en el cirujano que amputa un brazo.

Eran tan pobres en la aldea que las mujeres se dedicaban a amamantar incluseros.[71] Cada día venía de la

---

70 San Sebastián era un soldado romano que se convirtió al cristianismo y al que el emperador Maximiano mandó matar públicamente a flechazos.

71 *Inclusero*: que se cría en la *inclusa* (casa de niños expósitos).

ciudad algún niño nuevo que caía en los brazos de alguna muchacha previamente hecha madre por un mozuelo cualquiera, sin otros preludios que una mirada más ardiente, o un empujón, al pasar, más expresivo.

La tarde en que Isabel fue hecha así mujer sólo se diferenció de las demás en que regresó al hogar un poco más tarde y mucho más risueña, ya libre de una molesta curiosidad que en lo sucesivo ya no le perturbaría el sueño. Todo se realizó con la mayor sencillez, porque tuvo la suerte de hallar un mozo de la ciudad ya ducho en estos lances. Isabel ganaría pronto un sueldo lactando a un rapaz desconocido...

Pero pronto advirtió que se habían frustrado sus propósitos, que no podría continuar la industria de su madre. ¡Su entrega había sido inútil! No había resuelto ningún problema sentimental, ni ningún problema económico. El cosmos había dado un golpe en falso... Le gastan muchas bromas así.

Isabel sigue hablando como en sueños, entornados los ojos, cada vez más gravemente.

Entonces pensó en venir a la ciudad como Laura, como Nieves, como Lolita. Entraban de camareras, de cocineras, de doncellas...

—Ya ves, ¡de doncellas!

—Bien, sigue.

Pero Isabel no quiso perder su libertad. Sólo quería someterse a un hombre que anduviese por todo el mundo, que la llevase por todos los mares...

—¿En un cisne encantado?

—En un avión.

O en un transatlántico, en un «Rolls». Una tarde llegó Isabel a la ciudad; acudió a casa de Nieves... Robó a Nieves su marqués, el marqués de Cosuenda —cosechero de vinos—,[72] cuya vida era una interminable pesquina de serranas. Sólo le encantaban las novedades silvestres.

Luego Isabel ya tuvo otros amigos, nada especialistas, catadores de mujeres de todas las épocas... Pero Lohengrin[73] no llegaba.

—¿Y el marqués?

—El marqués busca siempre novedades. Pero no me abandona. ¿Aguarda a que yo encuentre otra... colocación? Es posible.

—¿Y él?

—¿Quién?

—El que te invitó a ser mujer.

—Fui yo quien invitó. Con los ojos, claro. Él era... uno, uno cualquiera.

¿Algún pastor que bajó hambriento del monte, después de muchos días de ayuno? Habla Isabel de unos trigos a punto de sazonar, de verdes y oros, de crujidos alegres, de tallos caídos...

Él no era del pueblo. Cualquier día, una división se alojó en la comarca. Hubo maniobras militares. En el batallón de retaguarda había un capitán jovial, dicharachero, de tez morena y ojos revoltosos...

Por los míos cruza vertiginosamente el cuadro: soldados en la plaza, vasos en el aire, música, baile, amor precipitado. Paseos bajo la luna, besos furtivos, brazos ceñidos al talle que se dobla, que se junta a la tierra... El batallón cumplió allí su deber.

---

72 El municipio de Cosuenda, en Aragón, tiene desde hace siglos su principal actividad económica en la producción vinícola, con D.O. Cariñena.

73 Lohengrin, protagonista de la ópera homónima de Wagner, es un caballero del Grial que viaja al reino de Brabante para defender a la princesa Elsa, acusada de un crimen que no cometió.

—¿Y el capitán?

Isabel, en silencio, recuenta azorada mis dedos. Su voz es apenas un rumor.

—No sé... Creo que anda por ahí. Él volvió a la ciudad y yo a mi casa, muy alegre... Iba a ganarme un sueldo. Traeríamos otro chiquillo de la ciudad, de ojos azules como los míos; porque mi madre antes de yo nacer pasaba los días mirando el cielo.

Hay en este gabinete esparcidas tantas cosas ajenas a nuestro amor; tan hoscamente me reciben, como esos perros que sólo una presencia del amo hace acurrucarse silenciosos en un rincón; tan lleno está aquí todo de alusiones a vidas extrañas que se cruzan en Isabel, como se cruzan muchos caminos intransitables de una misma alegre y fácil posada, que yo penetro cabizbajo, receloso, temblando de que alguna de estas cosas –un estuche, este jarrón, aquel muñeco impertinente– clave en mí su mirada sarcástica, de celestina de otro amor más generoso.

Nada aquí me representa, excepto un libro, el pobre libro donde Isabel quizá esté ya aprendiendo la ciencia de olvidarme. Si todo esto llega a entrar a formar parte del equipaje sentimental de Isabel, yo tendré que irme alejando, porque entre los dos apenas hay peso muerto de vidas anteriores; tenemos muy mal organizada nuestra falange de recuerdos. Sólo un frágil ejército de palabras puede enlazar nuestros destinos. Sólo cadenetas de papel, collares de perlas de aire encendido por fugaces escaramuzas del sexo.

Pero hay aquí otros collares mucho más consistentes,

cadenas que el tiempo no destruye, como destruye estos pobres edificios sólo decorados con metáforas.

Hay aquí, repartida entre menudos trozos, otra Isabel que sería doloroso recomponer: mosaico de una vida donde apenas se me reserva el humilde oficio de bruñirla, de aderezarla para que mejor se engaste en el gran mundo del placer. Hay en Isabel momentos, horas, que yo no podré nunca vivir... Si todo esto llega a formar parte de su espíritu, yo tendré que borrarme para siempre de él.

Es inminente. La irán invadiendo, irán creado dentro de ella una Isabel progresivamente alejada de toda aquella simplicidad de los primeros días, en que todo su espíritu era una letra, un hálito ingenuo, vocal sin enlace alguno, soplo vital que animaba a tan deliciosa, tan vibrante envoltura. Y en la medida en que las letras y las palabras se fueron entrecruzando, las ideas, también, y los reflejos de los hombres y las cosas se fueron cogiendo de las manos, comenzaron a invadir los alrededores de este simple y risueño espíritu que se asoma a dos troneras azules.

Fue ganando en complejidad. Recorre afanosamente los caminos que van de la pura célula espiritual a la íntegra vida enmarañada, de la letra solitaria –tan feliz en su yermo– al verso, al concepto elaborado. El rústico tronco de su espíritu se va cubriendo de finas, de recortadas hojarascas. Este amor –pajecillo medroso– se perderá en frondas tan bien urdidas, como uno de tantos instantes febriles que ahora hacen crujir de placer nuestras entrañas.

Está aprendiendo a leer en los libros y en los hombres. ¿Quedará en ella este amor como hilo tenue que enlace con aquella agreste serranilla que una tarde zarandeó la

primera vocal como un juguete? ¿O hay algún otro momento más nutrido de risas retozonas, de salvajes caricias,
instinto puro, melodía cósmica pura, que en lo más profundo de su ser aguarde la ocasión de arrollar toda otra
música de amor sobrevenido?

La oigo entrar.

Un día llegó con un delicioso vestidillo grana, sin sombrero, de par en par sus ojos azules, sucios los zapatos de
haber andado a pie...

Ahora ya viene siempre con los zapatos irreprochables, de haber venido en coche. Pienso que antes verme
era para Isabel evadirse de todo, abandonarlo todo por el
deleite de estrechar pronto mis manos. Ahora verme, ¿no
será un número más del programa de la tarde?

Me recibía alegre, retozona, montés. Pero ya –grado
a grado– fue perdiendo su ignorancia... y su alegría. Hoy
entra pensativa, sonriendo como se sonríe cuando, precipitadamente, se acaba de forjar una actitud.

Trae un abrigo guarnecido de piel blanca. Viene
abrumada de blancura. Sus ojos se agazapan bajo el sombrero, sin prisa por salir al encuentro de mis ojos. Ya estas
cuencas azules no corren tanto a reflejar una avidez. Me
tiende las manos.

—¿Tardé mucho?

—No.

—Tuve que salir a escoger una tela...

—Bien.

—¿Qué hiciste, entretanto?

—Mirar todas estas cosas que no son tú misma, pero
pueden serlo alguna vez.

—¿Cuándo?

—Cuando yo en ti comience a no ser nada.

—Eres tonto.

—Prevenido.

—Tonto. Porque en lugar de gozar de estos momentos estás pensando en el día que desaparezcan.

—Sí... Como si un niño sólo pensase en su esqueleto de anciano. Pero mi distancia es mucho más corta.

—Cállate. Y, mira, mejor será que nos vayamos lejos de todo esto, puesto que te pone tan triste. ¿Quieres? Entraremos en un café, en un cine. Me gustaría ver *Charlot en Zalamea*; dicen que está muy bien. Sal tú primero y aguárdame en la esquina. Te recogeré al pasar, como otras veces. Vete.

Poco después transcurre –susurrada– en el fondo del coche esta lección tan sabrosa, en que se acaba de forjar la palabra, la palabra completa, la preciosa estructura que, trozo a trozo, representa el mundo.

—Mira, Isabel. Dice un poeta que las piedras, los edificios, son de tres clases. Hay algunos *mudos*. Otros, *hablan*. Otros, *cantan*.[74] Lo mismo las palabras. Las hay que no despiertan nada dentro de nosotros. Son las palabras–puentes, las pasarelas de la frase, las negras cadenas de hierro que enlazan los radiantes vagones del expreso. La frase debe evitarlas, pasar por ellas deslizándose, resbalando; eludirlas, si puede, borrarlas, escamotearlas. «Además», «Sin embargo», «Así pues», «En consecuencia», «No obstante»... ¡Son horribles! Son las amarras del período, los goznes enmohecidos que nos abren las puertas de la frase.

—¿Y las que *hablan*?

---

74   Alude a una frase del poeta francés Paul Valéry según la cual «En la ciudad hay edificios mudos, otros que hablan y unos pocos que cantan».

—Son las que ya pueden ir sueltas por la frase. Palabras de claro sentido, aunque sin vibración ninguna, mientras quien las pronuncie no la tenga. Estrellas sin luz propia. Instrumentos necesitados de una boca, de unas manos que los tañan. «Hoy», «Mañana», «Martillo», «Yunque»... Es preciso que venga una boca y pronuncie trémulo las dos primeras, al oído de una amante. O venga un apóstol de las multitudes y pronuncie las dos segundas ante un cálido público de mitin. Es preciso engarzarlas a una pasión o a una metáfora para que su idioma sea un idioma vivo. Hablar llanamente, de ordinario. Son pobres palabras, llenas de fatiga por haber rodado tanto...

—¿Y las que *cantan*?

—Son las favoritas de los dioses, es decir, de los poetas que las crean. Por sí mismo crean la belleza. De un verso opaco hacen una ráfaga fulminante. Cuando el poeta pronuncia la palabra «lirio», todas las demás palabras se agrupan servilmente en torno a ella, y ella les domina como una auténtica reina. Cuando pronuncia la palabra «granada», todo el verso enrojece de pudor como si por él se hubiesen deslizado una hilera de granos impacientes por abandonar su nido. Cuando pronuncia la palabra «zumbel», todo el universo gira retozón, jovial, en torno al nervioso cordelillo;[75] todo se agrupa alrededor de un trompo. Dices «racimo» y acude toda la dulzura y toda la suavidad y todo el sabor de la tierra a tus labios. Dices «mar», y se ensancha todo ante ti, te deja enhiesto, firme sobre un cantil,[76] ante lo inmenso, ante lo grande... dices «amor»...

Las dos frentes se abaten juntas sobre el libro. Los ojos,

---

75   Un *zumbel* es efectivamente la cuerda que hace girar una peonza o trompo. La imagen del mundo como un trompo, muy querida por Jarnés, constituye la metáfora central de su novela *Teoría del zumbel* (1930).

76   *Cantil*: lugar que forma escalón en la costa.

¿por qué no se buscan como antes? Las manos, ¿por qué no se enlazan?

Añado, cobardemente:

—La palabra «amor» también canta. Pero hay en su música una escala innumerable de matices. ¿Cómo cantará ahora, dentro de ti?

Me rodean sus brazos, se me acercan sus labios, sus ojos, su pelo. Toda sumisa, avergonzada, como pidiendo clemencia por haberse dejado en otra parte profanar.

¿Tengo en mis brazos una amiga o un reo?

Hoy la voz del amor es un poco triste, fatigada. Hay lagunas en ella, guijarros que cortan, que desvían, que enturbian el hilo transparente. Isabel llegó hoy a mí del brazo de una sombra.

Por eso comienza a hablar de las palabras que manchan, de las palabras que aniquilan... De la palabra «dinero», de la palabra «venta», de la palabra «vida».

Su voz es cada vez más tenue, cuanto más bajo, cuanto más vil es lo que dice. Se adelgaza en la medida en que enumera palabras que enrojecen.

De pronto, la algarabía luminosa de un cine. Enormes letras rojas y verdes. Charlot –el mítico peregrinante– irrumpiendo en cualquier lugarejo de España.[77]

Tristemente, en pleno silencio, le contemplamos desde el fondo de un palco. Isabel teme asomarse. En torno suyo va creciendo las cautelas. La agreste serranilla, ¿se convirtió ya en hábil cortesana?

Más que nunca, soy junto a ella una sombra.

---

77 Charlot es, naturalmente, el personaje vagabundo y bondadoso encarnado por Charles Chaplin, con el que casi llegó a identificarse al principio de su carrera. Su popularidad en España fue inmensa.

Charlot en Zalamea
(film)

El agrio redoble de un tambor abre en el silencio de Zalamea una ancha sima, a la que van asomándose, alborozados, los vecinos.

¡Titiriteros!

De una gaita zaragatera[78] van subiendo burbujas risueñas, globitos de aire envanecido que estallan en los alféizares. Luego la voz áspera, desvencijada, del trujamán:[79]

—¡Respetable público!

El niño de la ciudad desconoce este placer. Para él hay siempre abierto un circo. Forma parte de la ciudad, se incrusta en ella, como la tienda de juguetes y el café. Cualquier noche, cuando en casa hay buen humor, puede volver a oír el tremendo chasquido de las bofetadas del clown, ver la seis hermanas convertirse en un erizo, donde cada púa es un brazo o una pierna de color de rosa.

El niño de la aldea recibe este regalo como los campos reciben la lluvia, cuando los dioses desarrugan su frente y desatan las nubes o empujan la carreta festiva hacia el lugar. Y nunca se sabe la fecha.

De pronto, ¡ahí están! A la noche, gran función. Al aire libre, en la plaza. No hay contaduría, hay bandeja.

---

78 Adjetivo que refiere a *el zaragata*, un tipo de payaso que entre un número y otro de circo hace apariciones jocosas fingiendo entorpecer el trabajo de los demás.

79 Persona que aconseja o media en la manera de efectuar algo.

Primero izarán dos vigas, unidas por otra viga de la que cuelgue un trapecio. Y unas anillas. Sujetarán las vigas con sogas y las sogas con clavos enormes hincados en tierra. Después tenderán una alfombrilla, encenderán antorchas. Otro redoble, un toque de trompeta y se irá espesando el aro de curiosos.

Pedro Crespo, alerta siempre por si cruza el término alguna compañía de infantes, sale al oír el tambor. No son soldados. Es un hombrecito negro que piruetea a la cabeza de un tropel de rapaces. Detrás ríen estúpidamente dos diablejos y una moza pintada de serafín. Pedro Crespo se detiene asombrado ante un diminuto bigote, ante unos gruesos zapatones, ante un bastoncillo nervioso, ante un extraño sombrero.

—¿Quién eres?

—Charlot.

—¿Y esos?

—Mis amigos.

—¿Bufones?

—Artistas.

—¿Qué queréis?

—Representar.

—¿Autos sacramentales?

—Farsas que yo invento.

—¿Morales?

—Alegres. Traemos con nosotros la alegría. Hemos expulsado a Pierrot por cursi y a Tristán por llorón.[80]

—Sois el mismo demonio. ¡Largo de aquí!

Charlot vuelve la espalda, hace callar al tambor y se va, calle adelante. A los veinte pasos Pedro Crespo le llama.

---

80   Pierrot es un personaje de la comedia del arte, caracterizado contemporáneamente por ser un mimo triste, enamorado de la luna. Tristán es uno de los caballeros de la tabla redonda, enamorado desesperadamente de Isolda, prometida de su tío.

—Oye.

—Diga, alcalde.

—Llama a tu gente. Representaréis en mi casa. Si me parece bien, daréis la función en la plaza.

—¿Censura? ¿Por qué?

—Soy aquí el representante del honor, que es patrimonio del alma, y el alma sólo es de Dios.[81]

—Nosotros lo somos del arte, que es patrimonio del espíritu y el espíritu es libre.

Charlot, más nervioso, vuelve la espalda a Crespo y se echa a andar.

—¡Oye! Quiero ver eso.

Charlot se detiene, vuelve despacio la cara, va a negarse... Pero en ese momento aparece Isabel en el balcón de la alcaldía. Charlot saluda, recoge una mirada de Isabel, la contempla unos segundos, vacila. Por fin, dice resueltamente:

—Bien. Esta noche.

Pedro Crespo mira irritado a Isabel, va a ordenar a Charlot que desaparezca del pueblo, pero se contiene. Con un gesto brusco da fin al diálogo.

—Esta tarde, a las seis.

Charlot vuelve a saludar, y, contoneándose, desaparece, seguido de la novísima generación de Zalamea: cincuenta chiquillos de seis a quince años.

¡Charlot! ¡Charlot! En la sala municipal de Zalamea se siente zarandeado, sacudido. Pedro Crespo se rebulle en su poltrona, retuerce las manos, bosqueja interjecciones que están a punto de estallar. Una violenta gimnasia les conmueve. Seguir a Charlot por todo su zigzagueante iti-

---

81 Se citan aquí dos de los versos más conocidos de *El alcalde de Zalamea* (I,I, 874-875) y que resumen el tema de la obra.

nerario es tanto como acreditar dotes sobresalientes de agilidad y comprensión, porque en cualquier trance de sus farsas corre distancias enormes –del supremo patetismo a la extrema comicidad–. Sólo un ideal espectador, libre de todo lastre, puede seguir a Charlot en sus magníficas piruetas. Porque Charlot es un asesino de las situaciones extremas: las roza, las apunta sobriamente; llega con brío, pero sabe esquivarlas a tiempo.

Charlot exaspera al alcalde. La farsa se titula *Sotabanco*,[82] y hay en ella una transmutación de todos los valores que Pedro Crespo cree inconmovibles. Cuando aparece en escena una mujer dudosa, a quien ama Charlot, tímidamente, el alcalde manda retirar a Isabel. Cuando en escena aparece exaltado un vagabundo, Pedro Crespo da un recio golpe con la vara.

—¡Basta ya! ¡Todos a la cárcel!

—¿Por qué?

—La farsa es inmoral. Hay en ella una ramera generosa y un hampón honrado. Eso no es arte, es propaganda.

—Es la realidad. También suele haber honor sin patrimonio.

—Imposible. ¡A la cárcel!

Los espectadores ríen. El hombrecillo endeble y audaz a un tiempo se da hoy de bruces con esta asamblea municipal. Charlot es un bólido negro que va cayendo en mundos sucesivos, muy bien organizados. Produce asombro, pero en nadie provoca la tentación de lanzarse con él a describir órbitas absurdas. Su órbita, Charlot la recorre solo.

---

82   Un *sotabanco* es un piso habitable colocado por encima de la cornisa general de una casa.

Nadie, pues, le defiende. Charlot es un prestidigitador de emociones. Es un encantador. Pero es el eterno ausente, el pertinaz disociador. Ha creado un tipo tan lejano a toda armonización con el resto del mundo que los que le rodean podrán reír o llorar con él, pero nunca podrán interesarse por esa tristeza o alegría. El mundo pasa y le deja en la cuneta, como a un espíritu extraño. Charlot representa el sentido profundo de lo cómico en el hombre, y ningún humano grupo es capaz de soportar tan formidable espejo.

El ritmo del mundo no prende en Charlot. Ni el ritmo de Charlot puede fijar a nadie su compás. Se resigna a ser incomprendido. Suspende la representación de *Sotabanco* y se entrega al alguacil. No responde a las recriminaciones de Crespo. Ni a las procacidades de sus satélites. Calle adelante, se encamina a la cárcel en absoluto silencio.

Por la rendija del balcón le arroja Isabel la monedita de oro de un beso. Charlot lo recoge en el aire, se estremece a su contacto como al roce de una boca.

La cárcel es inmunda; pero Charlot, acurrucado en un ángulo, reducido su cuerpo al tamaño de un perrillo –de un gozoso perrillo que acaba de atrapar un espléndido mendrugo–, comienza a hincar los dientes en su pedazo de felicidad. La monedita cálida del beso de Isabel enciende en el negro cuerpecillo una llama frenética de deseos. Se acurruca, se ovilla, para disparar audazmente su espíritu hacia el balcón.

La cárcel está en silencio. El trujamán habla quedamente:

—He visto lo del beso.

—Soy feliz, trujamán.

—Eres un niño, Charlot. ¿No conoces la historia de Isabel?

—Sólo conozco su belleza.

—Tiene un pasado borrascoso.

—Tiene una boca deliciosa.

—Una leyenda muy turbia.

—Unos claros ojos azules.

—Por ella dio su padre garrote a un capitán.

—Por ella me lo dará tal vez a mí.

—Huyó del convento; se negó a cumplir los cánones. Su padre la tiene secuestrada.

—Huiremos juntos.

—¿Adónde? Tú sólo sabes trabajar con nosotros. ¡Si ella quisiera trabajar en el alambre!

—¡No! ¡Ella, no!

—¡Bah! No es ninguna princesa. Es la hija de un alcaldillo… y la amante de un ajusticiado.

—¡Canalla!

Bofetadas. Voces de otros presos.

—¡A dormir! ¡Déjanos dormir!

El trujamán se aparta de Charlot y se tiende en un ricón, donde queda dormido. Charlot sigue royendo su mendrugo de felicidad. Apenas advierte que la puerta comienza a girar con la pesadez acostumbrada en todas las puertas que separan dos formas de vivir.

Charlot avizora[83] con gran ansiedad. Una luz tenue, una sombra blanca, una delgada voz femenina. Penetra en la cárcel la aventura.

Avanza tímidamente la luz, precedida de una sombra blanca. Así se filtraban los ángeles en el calabozo de los

---

83   *Avizorar*: acechar, observar con cautela.

mártires. Unos traían bálsamo, como el de Eulalia; otros, una túnica blanca, como el de Inés; otros, la libertad, como el de San Pedro.[84]

El ángel de esta noche es como el de San Pedro. Todos duermen, excepto Charlot. Cautelosa, apenas desvelado el rostro, avanza Isabel. El alguacil la sigue con el velón, con las llaves, todo azorado.

—¡Isabel!

Charlot se ha incorporado en su jergón de paja. Tiene los brazos estremecidos, no sabe si de gozo o de dolor. Isabel se aparta, horrorizada.

—¡No! ¡Ahí no!

—¿Cómo?

—¿Dónde has ido a acostarte, desgraciado?

—Yo...

—Ahí mismo ajusticiaron a don Álvaro de Ataide, a mi don Álvaro. ¡Mira esa piedra, esa fecha!

—¡Qué horror!

Se levanta bruscamente del camastro y huye con Isabel al otro extremo.

—¡Le veo siempre!

—Nada sabía de un amor tan desdichado, Isabel. Nunca quise creerlo.

—Anda por esos tablados y en boca de todo el mundo. Pero nadie sabe, nadie quiere saber la verdad. Sólo ven en ella una locura.

—¿Cuál?

—Yo amaba a don Álvaro. Yo me entregué a don Álvaro, y luego no supe arrancarlo de las garras de mi padre. Por eso ahora me persigue ese espectro... ¡Míralo!

---

84 Santa Eulalia (m. 304) murió en la hoguera, de ahí que su ángel le traiga bálsamo. Santa Inés (m. 305) fue expuesta desnuda en un prostíbulo, pero los ángeles defendieron su cuerpo del pecado, por eso la túnica. Finalmente, San Pedro (m. 67) niega por tercera vez conocer a Jesús cuando es preguntado por su relación con él, y así evita ser arrestado por los romanos.

—No es nada; es la sombra del alguacil. Yo te defiendo.

—Huyamos, Charlot.

—Huyamos.

Se acercan a la puerta. El carcelero se opone, lleno de miedo.

—Señorita...

—Se lo llevo a mi padre. Quiero que esta misma noche le perdone.

—Señorita..., ¡que tengo seis hijos!

Isabel le desliza una monedas.

—Cómpreles zapatos.

Salen, dejando atónito al alguacil. En la plaza se detienen unos momentos para urdir un itinerario. Charlot, perplejo; Isabel, resuelta a todo.

—¡Hacia el bosque! –dice Isabel–. Allí esconderemos nuestro amor. Al amanecer marcharemos a la ciudad. Trabajaremos, viviremos felices. ¡Ven, Charlot!

Cruzan las últimas casas. Zalamea se va apelotonando gradualmente, a medida que vuelven los fugitivos la cabeza. Primero eran sombras y volúmenes, luego se confundían unos y otros; por fin, de Zalamea queda una vaga sombra, coronada por una cúpula y una cruz.

Van por una vereda. De un blanquecino paredón surge un mastín; Charlot blande el bastoncito, tiritando. Isabel se refugia en Charlot. Una masa blanca y negra, toda trémula, ante el guardián que gruñe, que amenaza hincar los dientes.

Enlazados, llenos de pánico, pasan los fugitivos rozando el mastín. El mastín retrocede, malhumorado. No se decide a saltar sobre aquel amasijo informe, blanco y negro. Es un transeúnte no incluído entre los enemigos del mastín. Le despide con un gruñido más y se tiende ante el blanco paredón, tras el que tintinea débilmente una esquila:[85] alguna oveja está soñando.

Termina el campo domesticado y comienza el terreno hirsuto, independiente. Jaras, sisallos, tejos, pinos...[86] De pronto el campo, que tan esmeradamente se peinaba de tufos, arroja todos los cosméticos y luce impúdico su desnudez, erizada de greñas.

Desde un alcor,[87] ven tendida, dormitando aún, a Zalamea. Las sombras se han filtrado por los muros. La noche es un arquitecto complaciente, todo sirve para sus maravillosas construcciones, que luego ha de derrumbar el alba.

Ahora Zalamea, callada la voz de Pedro Crespo, calladas todas las voces que no sean la voz cósmica de la tierra y de los astros, es una ideal construcción, recortable, legendaria, confinada en un marco poético de colinas y de nubes.

Ahora Zalamea es un encantador esquema. A la mañana, cuando suene bronca voz de Pedro Crespo, los gritos de los vencedores, los aullidos, las blasfemias, las pesadas carretas; cuando el cínico sol descubra sórdidos callejones, lacras, vergüenzas, podredumbre; cuando sobre las cabezas abatidas se desplieguen los abanicos del Código y del capricho y Pedro Crespo vuelva a echar grillos y cadenas y a poner mordazas a los enamorados; cuando Zalamea despierte y comience a recuperar su arquitectura cotidiana, su ritmo trivial, volvería a arrojar de sí a Charlot, este hombrecillo negro tan incauto que se atrevió a defender el honor sin patrimonio y la generosidad de una hembra del arroyo.

---

85   Una *esquila* es un cencerro pequeño, en forma de campana.

86   Una *jara* es un arbusto siempre verde, de ramas de color pardo rojizo. Un *sisallo* es otra planta de hojas de color verde claro. Un *tejo* es un árbol siempre verde, con tronco grueso y poco elevado.

87   Un *alcor* es una colina.

Charlot e Isabel se sumen en el bosque. Charlot quiere cruzarlo en línea recta, Isabel prefiere atravesarlo en zigzag. Esa encina, aquel rebollo, esta jara, aquel tejo... Isabel anda buscando al pie de cada tronco.

—¿Qué buscas? Van a alcanzarnos.

—Busco mi honor. Lo perdí aquí.

—Va a serte difícil encontrarlo. No es una pulsera.

—Es la joya más rica. Todos lo dicen.

Charlot contempla tristemente a Isabel, que se afana por buscar un momento perdido. Y se desprende de unos brazos donde se mece un amor nuevo. Isabel se da cuenta de la tristeza de Charlot, y le da un beso.

—Perdóname, Charlot. Es toda la historia de mi vida la que busco. Lo demás fueron juegos de niños.

—¿También nuestra fuga?

Isabel inclina la cabeza, tiembla un poco, susurra al fin:

—También.

Charlot siente frío. Es el relente,[88] pero hasta ahora no lo había advertido. Se sienta en un tronco mutilado, y con el bastoncito comienza a escribir en la tierra. Isabel queda un poco lejos, mirándole.

—Perdóname, Charlot.

—¿El qué?

Isabel abate los brazos, se queda mirando al suelo.

—No podría decírtelo.

Pero Charlot bien lo sabe. Es como pedir perdón a una golondrina porque nos recordó una deliciosa primavera; es como pedir perdón a una rosa porque nos trajo el inédito perfume de una tarde de amor.

---

88   El *relente* es una sensación de humedad en la noche.

Charlot bien lo sabe: es el encantador que sabe despertar los amantes, electrizar las bocas que luego han de besarse ante él, mientras él sonríe. Charlot, en tanto, queda solo, en medio del mundo.

El ritmo del mundo no prende en Charlot. No es rueda de máquina, es una biela[89] maravillosa que transforma impulsos ciegos, rectilíneos, haciéndoles describir graciosas órbitas.

—Busca, sigue buscando. Deja obrar al amor. Síguele, si te arrastra, aunque ese amor sea tan triste.

—Ha sido una ofuscación... Afán de recordar... Sólo te quiero a ti.

Se sienta en las rodillas de Charlot y le besa en los ojos.

—Seré tu esclava.

—¿Trabajarás conmigo en el alambre?

—En la punta de un cuchillo, si tú quieres.

—Vámonos. Siento frío.

—Un poco más. Dame tus ojos... Déjame que los mire, que los bese... ¡Son sus mismos ojos!

Bruscamente, Charlot rechaza los labios de Isabel, a ella entera. Se yergue, toma el bastoncillo, se acomoda bien el sombrero, la corbata, se sacude un poco el traje. Siempre trémulo, nervioso.

—¡Vamos, vamos!

Isabel se recobra, llora calladamente, no se atreve ya a pedir perdón, sigue a Charlot en silencio.

Pasan encinas, jaras, calveros, charcas, nubes.

De pronto Charlot se vuelve hacia Isabel, que ha dado un grito:

—¡Aquí, aquí fue!

---

89 En las máquinas, la *biela* es la barra que permite transformar un movimiento de vaivén en uno de rotación, y viceversa.

Un blando césped, un dosel de chopos. Al pie está Isabel llorando. Palpa, requisa, persigue huellas, hendiduras, suavidades, raíces, cortezas de árbol, plumas de nido, menudas piezas de un lecho destrozado.

—Cálmate.

—Aquí comienza mi vida.

Isabel comienza a contar... Venía don Álvaro convulso, loco; el deseo le hacía estremecer como el cierzo estos chopos. Le ardían los ojos, le temblaban las manos; su voz de barítono tremolaba de fiebre, desfallecía, ronca y dulce al mismo tiempo...

—A Pedro Crespo le dirías otras cosas.

—Los padres nunca saben la verdad de estos trances. Además, yo tuve que contárselo en verso, y me vi forzada a decorar un poco el relato.

—Resultaría algo barroco.

—Quise que me perdonase, que intentase llegar a un contrato... Mi padre lo hizo así, pero él se negó... Mi padre, rabioso, le dio garrote.

—¡Qué bárbaro!

—¡Era tan hermoso! Comencé a quererlo después, en el convento, donde me metieron para curarme. No pude olvidarlo nunca. Todas las noches le veía saltar las tapias de la huerta.

—(¡Siempre las mismas tapias!)

—¿Qué?

—Nada.

—Venía sonriendo bajo sus magníficos mostachos, me tendía los brazos, me alargaba la boca, me sentaba en un sofá...

—(¡Siempre el mismo sofá!)

—¿Qué?

—Nada.

—Escandalicé al convento con mis suspiros y mis ataques. Y con mis pasos a media noche por los claustros. Recorría semidesnuda los pasillos, llamaba a las puertas de las celdas, fingía cartas de amor que me llegaban escondidas en libros de devoción...

—Sí, claro.

—Tuvieron que echarme. Mi padre me llevó a casa, me encerró en un desván; se fue dulcificando, pero siempre me escondió a los forasteros... hasta que llegaste tú, Charlot; tú, que no inspirabas tantos recelos.

—Es imbécil.

—Es mal fisonomista. Venías al frente de una compañía, como don Álvaro de Ataide. Capitán, gallardo capitán de otros ejércitos. Movías el bastón como él la espada. Eras, como él, fanfarrón...

—Digno.

—No entiendo de matices. Mirabas como él. Con una suave fijeza. Acarician lo mismo. ¡Dámelos!

—¡Suelta, Isabel!

—Solo que él era después violento y tú eres tímido. Él vestía de escarlata y ámbar y tú de negro. Me oprimía así...

—¿Estás loca?

—¡Quiéreme!

—Yo no quiero a nadie por delegación. No soy un fanasma. Soy yo mismo.

—Él no vendrá jamás. Mi padre lo atropelló, le mató.

¡Hubiera huído con él a Flandes! Como ahora huyo contigo.

—¿Adónde?

—No sé. A la ciudad.

—¡A una comisaría!

Charlot queda meditabundo; sigue dibujando letras en el suelo; cuando la contera tropieza con un gusanillo lo desvía con mimo para no aplastarlo. Traza rúbricas alrededor de una hormiga.

Isabel reanuda su caricias.

—Soy tuya.

—Eres de don Álvaro.

—Don Álvaro es un recuerdo.

—Lo es todo dentro de ti. Voy a llevarte a Zalamea.

—No. Mi padre nos mataría juntos.

—Huyamos, pues. De la muerte, no hacia el amor.

Al salir del bosque comienza a amanecer. Charlot e Isabel se contemplan. Son despojos de una noche patética. Lacios, mustios, lívidos. Todos sus resortes van saltando, todas sus válvulas se van enmoheciendo. Ya no se esconden. Avanzan, camino real adelante.

De pronto, una gran polvareda. Un tropel armado.

Siguen andando. No tienen fuerzas para retroceder, para desviarse del camino. Al llegar a la tropa se adelanta un sargento.

—¡Isabel!

—¡Juan, hermano mío!

—No soy tu hermano. ¿Quién es este zascandil?[90]

—Señor mío...

—¡A Zalamea todos!

---

90   *Zascandil*: hombre despreciable, ligero y enredador.

Se adelanta don Lope, diciendo:

—¿Qué ocurre?

—Un vagabundo ha raptado a mi hermana.

—Mira, Juan, eso ya me va cansando un poco. Tu hermana se deja raptar con una inexplicable facilidad. Bueno es urdir y aceptar un primer rapto para que luego se luzca un dramaturgo, pero esto ya es abusar de mí.

—Yo, señor...

—Sí, sí. Lo del honor. Os conozco a tu padre y a ti... Mira, coge a tu hermana y métela en una clínica hasta que se case... o cosa análoga.

—¡Adiós para siempre, Charlot! ¡No me comprenden!

—¡Adiós, Isabel! Atiende al patrimonio de tu padre. Aún puedes recuperarlo.

Juan e Isabel se van. Don Lope y Charlot quedan frente a frente.

—¿Y tú?

—Señor... Yo quiero a Isabel.

—Mal hecho. Es una histérica.

—Es una víctima.

—Además su padre es brutal.

—¿Su padre o las ideas de su padre?

—Querría en seguida casarte o procesarte: dos caminos distintos para perder la misma cosa. ¿Qué profesión tienes?

—La de títere. Hago reír.

—Famosa profesión. Ven con nosotros. Iremos a Portugal y allí te presentaré al rey, nuestro señor. Seguramente ganarás como bufón un sueldo decoroso.

—No quiero ser bufón. Llevan fama de quitársela a los demás.

—Eso es divertido.

—Llevan fama de gozar demasiado con las úlceras del mundo, y yo sólo quisiera contemplar sus gracias.

—Como el clown.

—El clown no quiere hallarlas en los otros; sólo quiere mostrar las suyas.

—No sé entonces. En definitiva, ¿qué eres?

—Soy Charlot.

—¿Una especie? ¿Un único individuo?

—Señor, no puedo contestarle.

—Ven.

—Quiero ser libre. Déjeme marchar.

—Como gustes. Nadie ha de ofenderte. ¿Quieres que te escolten?

—Prefiero que nadie me siga ni aún mis recuerdos. Para ellos he inventado un puntapié.

—Salud, Charlot.

—Salud, don Lope.

Charlot comienza a andar, de nuevo se sume en el bosque. Camina con gran lentitud. Nunca vuelve la cabeza.

—¡Pobre muchacho! ¡Tan inteligente! –comenta don Lope–. ¡Pedro Crespo hubiera acabado con él!

Mi analfabeta
(continuación)

Jornadas del amor, en que para resistir las primeras acometidas del tedio es preciso acudir a frecuentes cambios de decoración: ¿por qué llegáis tan pronto?

Ya nuestras citas —estas alborozadas excursiones de dos espíritus desnudos en busca de su propia intimidad— se van complicando con programas de turista, con excursiones hacia el contorno indiferente. Mendigamos rodrigones al arte, a la naturaleza, en fuga ya de nosotros mismos, cansados ya de vernos al fin del mismo laberinto. Vamos buscando irradiaciones ajenas, prendernos en la atmósfera de otros astros, nosotros que habíamos creado una ardiente constelación.

El coche nos ayuda a tropezar con bambalinas nuevas. Hoy nos aguardan las de una vieja ciudad que, de pronto, al remate de una curva, viene hacia nosotros. Podemos atravesarla o bordearla; contemplarla como una reliquia o, más ávidos de sensaciones, seguir, una por una, la lista de sus primores.

—¿Qué vamos a ser? –pregunto–. ¿Viajeros o turistas?

La pequeña ciudad se nos acerca, silenciosa y bravía.[91]

---

91 Según Ildefonso Manuel Gil, Jarnés describe aquí la ciudad medieval de Albarracín, en la provincia de Teruel. Véase *Ciudades y paisajes aragoneses en las novelas de Benjamín Jarnés*, Zaragoza, IFC, 1988, p. 105.

Tendida a lo largo de una estratégica brecha de montañas, expone ceñudamente sus venerables pedruscos. Hermética, se ofrece a nuestra contemplación con la menor lagotería[92]. Enfundada en su pátina secular, como bajo un manto ceniza, apenas hace caso de piropos de turista —el turista con las ciudades, con el arte, sostiene siempre un *flirt*,[93] pocas veces un verdadero amor—. Aguarda aquí, como una casta mujer, a que alguien la contemple sin prisa, serenamente, sin consultas al catálogo de piedras memorables, con más atención a su pulso actual que al ímpetu de ciertas luchas civiles, con más atención a lo hoy palpitante bajo el rostro de piedra que a la antigua fiebre que crispó, descomponiéndolo, su grave rostro. Esta ciudad —como otras viejas ciudades de Aragón y de Castilla— no se precipita a ofrecer al transeúnte zalameros arrabales donde quede prendida el alma sensible. Aquí son rígidos, hoscos, los límites entre la ciudad y el campo. A veces los mismos límites medievales: las murallas. Si el viajero acude a ellas es porque presume que dentro ha de encontrar —quizá soñoliento, pero siempre vivo— un corazón... Ciudad que no sabe hacer guiños de cortesana, sino saludos marciales. No desde ventanas con geranios, sino desde almenas con ortigas.

Ni un rumor en torno a la ciudad. Aquí o allá un labriego trazando en el bancal[94] sus inflexibles líneas paralelas. En la cuneta, ven pasar el coche sin gran curiosidad, sin inmutarse un solo rasgo de su cara, del mismo color que las piedras, piedras también por las que resbala el tiempo y los menudos espectáculos de la vida que va y viene, tres clérigos. Y éstos y los campesinos son como otros tantos

92   *Lagotería*: zalamería, piropo para congraciarse con alguien o lograr algo.
93   Un *flirteo* es un juego amoroso sin compromiso.
94   *Bancal*: pedazo de tierra cuadrilongo, dispuesto para plantar legumbres.

bloques desgajados de los muros, con la misma pátina, con igual adustez.

Subimos por rampas interminables, fatigosas –mitad campo, mitad ciudad, con hierbecillas y guijarros–; escudos rematando en penachos, incrustaciones de viejas altiveces en caras hoy humildes, ascéticas, agobiadas por aleros mordidos, desportillados; montones de casas, edificadas en dos o tres épocas diferentes, de volúmenes superpuestos como las cajas en una tienda, saledizas, epilépticas, amenazando derrengarse;[95] hierros magníficos, mohosa filigrana, pajarracos y hojas hirientes, reptando por las verjas, subiendo hasta los aleros; gran abundancia de hierro inalterable sobre la piedra recomida, desgarrada; nervios de la ciudad que asoman su negra dureza sobre la carne tundida por los siglos; hierro y piedra, arabesco negro sobre cenizas grises, sobre cárdenos y ocres; costra espesa –a veces infantilmente pintarrajeada–, sin asomo de cordialidad... ¿Se resistirá a dejarnos traslucir la ondulación caliente de su vida?

La ciudad está aquí, como una brava mujer de estos campos, esperando no un «fácil» conquistador que la requiebre, sino un espíritu cordial que la contemple. No el *flirt* sino el amor.

Como la velocidad de los coches ha destruido la fatiga, ya pocas veces el viajero se detiene a descansar y a contemplar. Cruza por las ciudades como el aturdido galanteador por las mujeres, sin ver de ellas sino su fachada más risueña, su contorno más picante, su «primer término» más propenso a escamoteos de intimidad. Como hoy una ciudad –que se elaboró en tantos siglos– puede ser colocada

---

95   *Derrengarse*: torcerse, inclinarse a un lado más que otro.

en medio de cualquier tarde, para ser vista de paso para cualquier negocio, esta ciudad quizá no querrá revelarnos su verdadera vida, en los pocos minutos que deje libres el cambio de un neumático. Esta o la otra ciudad han empleado siglos en forjarse una fisonomía... ¿Cómo pueden desarrugarla en un minuto para hablar con un alma transeúnte, aunque ésta venga provista de guía, del catálogo de primores?

(Pero ¿no ocurre lo mismo con los hombres? ¿Quién se detiene a contemplar un hombre? Vidas intensas, duramente forjadas, primorosamente cinceladas, pasan junto a nosotros sin provocar la atención. Escritores, hombre de ciencia, de negocios, de vida social profunda, apenas logran ser conocidos por algún guiño más saliente, por algún relieve más vistoso, quizá el menos profundo. Como la velocidad de la vida moderna ha abolido las «posadas», los lugares donde el espíritu —como el cuerpo— se detenía largamente a «posar», a reposar, los espectáculos más interesantes de la tierra —los vidas de los hombres— pasan inadvertidos. El turista-psicólogo, como el otro, repasa su texto y prefiere atenerse a un precipitado nivel. Prefiere —en definitiva— el hombre «en serie», más facil de entender. Aun el lector de biografías no suele, en los hombres que pasaron, buscar lo excepcional, lo diferencial, sino la miserable línea que engarza al héroe con el lector y autor. Ni el leer biografías puede adiestrarnos mucho en el personal conocimiento de los hombres. Allí se nos habla de un hombre, pero ya traducido por otro. Conocer es otra cosa. Es el resultado de una larga contemplación. Quizá de una contemplación que abarca la vida entera. ¿Cómo pensar en sustituir ese esfuerzo por la rápida ojeada del turista-psicólogo? ¿Quién podrá así conocer una ciudad ni una mujer?).

Las piedras de la tarde acaban por rezumar un poco de su vida oculta. Unos visillos se alzan, surge un rostro ya no desgajado de la mole cárdena. Isabel comenta, zumbona:[96]

—La bordadora sentimental de todas las novelas provincianas.

Es posible. Alguna vida replegada sobre sí misma... Pero es cruel interpretar frívolamente un silencio, tal vez un auténtico dolor... No contesto. Y, poco después, el coche deja en paz a la ciudad y se detiene, a pocos kilómetros, junto a un pinar donde el sol ya fatigado va tiñendo de carmín los troncos –faena humilde y antigua– para producir uno de esos cuadros impresionistas de tan excelente cotización.

Isabel, a quien no conmovió una vida, se siente embelesada ante los troncos.

—¡Qué puesta de sol!

—Nos aguarda la ortografía. Todo eso es pintura de bazar.

La obligo, titánico, a sentarse en un tronco derribado; abrimos la gramática; compruebo el éxito de sus tareas de ayer...

—No estudias nada.

—El punto... los dos puntos... Los tres puntos... Eso es dificilísimo. ¿Para qué tanta complicación? ¿Para qué sirve tanto punto?

—Para formar todo lo que vemos, Isabel. Y todo lo que no vemos.

---

96 *Zumbona*: con burla.

—¿No dices que el punto no existe? ¿Por qué está aquí, en la gramática?

—Existe, pero no se ve. Es como el átomo. Los matemáticos lo atrapan en un cruce. Sólo podemos advertir su existencia cuando se sitúa en fila. No tiene dimensión, pero engendra las tres. Es nada y es todo. Es un perenne milagro racional que llena el mundo de formas. Sin él no hay continuidad, y por él es posible la discreción. La discreción geométrica y la otra...

—No te comprendo.

—El punto es camino y es límite. El músico lo encierra bajo un arquito y forma el calderón, señala así un rotundo silencio.[97] El escritor lo utiliza como descanso, pero también para cerrar la curva de su idea. Es el punto quien señala el pulso de la frase. Es la gotita de mercurio en el termómetro del estilo. Por él la frase marca su afán de precisión...

—¡Cuántas cosas encerradas en un punto!

—Tema diminuto, pero que puede abarcar toda una estética. Él da a conocer si un artista quiere ser admirado por lo bruñido de su instrumento, por el sabor de sus ideas. El punto es un clavo que fija el pensamiento... Por eso la ortografía es la primera asignatura del estilo. ¿No quieres tenerlo?

—Sí, quiero aprender a escribir. Cuando viaje por el mundo, tú podrás seguirme carta a carta. ¿Y los tres puntos?

—Un punto es deseo de concisión. Dos puntos, afán de ser claros. Tres puntos determinan estados de vaguedad... En los puntos suspensivos se desparraman los re-

---

97 Efectivamente, el *calderón* es el signo musical que representa la suspensión del movimiento del compás.

siduos de la idea, que tal vez no se supieron confinar bien en la frase. También el amor tiene esta ortografía. Hay amores hechos sólo de puntos suspensivos.

—¿Y el nuestro?

—El mío es una hilera de signos de interrogación. El tuyo, no sé.

—Una hilera de signos de admiración.

—Me da tristeza. Como me entristece un paisaje donde sólo viéramos postes de telégrafo.

—Pero entre los postes hay siempre un alambre vivo por donde corre, siempre muy alto, el espíritu.

—¿Dónde lees eso?

—Lo invento.

—Soy para ti un profesor inútil. Sabes más que yo.

—Yo siempre seré tu analfabeta.

Un vientecillo retozón viene a azotar nuestras espaldas. El carmín de los troncos es apenas un tenue limón. Por miedo a los azotes, nos ponemos en pie, revistamos en silencio –reyes del bosque– los batallones de pinos.

Cerca de nosotros, en la plazoleta donde se alza un convento, un tropel de novicios abandona su balón por acudir al son de una campana. Súbitamente se apiña, militarmente se ordena, y poco más tarde se sumerge en el vestíbulo. Se queda rezagado un garboso adolescente, incapaz de esconder su gentil marcialidad de explorador bajo la sotana impersonal, bajo el perfil común, que nivela ideas y actitudes.

—¡Qué pena de chiquillo! –exclama Isabel, devorándolo con los ojos.

¡Etapas del amor, en que tus horas –para mejor resistir

las avanzadas del fastidio– han de acudir a frecuentes mudanzas de escenario y de coro! Isabel repite:

—¡Qué pena de chiquillo!

—¿Qué ibas a hacer de él? ¿Un obrero? ¿Un labriego?

—Hubiera sido preferible.

—Podemos hacerlo personaje de leyenda.. O hacer que tome parte en nuestro drama...

Inconscientemente, mi humorismo se ha teñido de amargura.

—¿Por qué no? Así el pobre muchacho continuará existiendo. ¡Hace una figurilla tan graciosa ese bosquejo de fraile!

Villa Juanita es un acantilado;[98] la ciudad se tiende a sus pies. Llegan hasta la terraza prolongaciones meramente geométricas de la calle. Solares salpicados de edificios precipitados que van ensayando —entre construcciones rudimentarias, entre chozas de los antiguos pobladores— el método enjuto de Le Corbusier.[99]

Una ciudad pacata lame los pies de esta mansión de dudosos placeres, aborrecida por todos los señores de la Adoración Nocturna[100], caballeros apacibles que no tendrían sentido en la ciudad —su misión es desagraviar al Altísimo— sin Villa Juanita. Son el contrapeso de los retozones trasnochadores que acuden aquí a dilapidar su juventud y su fortuna. Unos arrugan el ceño divino, otros lo desarrugan. La ciudad puede quedar satisfecha. A las mismas horas —intempestivas— unos tejen solícitamente lo que otros destejen.

Pienso en ese admirable equilibrio que mantiene en

---

98 Villa Juanita es un enclave que aparece en otras novelas de Jarnés, como *Locura y muerte de Nadie*, y al parecer es una ficcionalización de *Las Palmeras*, un merendero con pista de baile, donde en ocasiones se organizaban espectáculos.

99 El arquitecto Le Corbusier (seudónimo adoptado por Charles-Édouard Jeanneret-Gris, 1887-1965) es uno de los máximos representantes de una arquitectura racionalista, de líneas depuradas sin adornos ni elementos superfluos.

100 Adoración Nocturna es una archicofradía católica con sedes en todo el mundo, fundada en 1848 y que se distingue por adorar a Jesús Sacramentado durante toda la noche del primer jueves de cada mes.

reposo la grey humana. En ese mar de pasiones que empuja su turbia espuma hasta mis pies. De la ciudad comienzan a asomar por los bordes, son empujados hasta la terraza, despojos de náufragos, restos de esas vidas que el cronista local suele llamar —inexorablemente— «rotas». Este centro «de corrupción» —se si atiende al parvo léxico de la Adoración Nocturna— recoge en su regazo residuos de tormenta, sucia efervescencia de olas sensuales. Con ellos viene toda la falsa irisación del mar.

De todas las interpretaciones de Villa Juanita surge en mi mente la más gris, el perfil menos gracioso. Todo acontece así porque no acaba de llegar Isabel. Es ya de noche, y coches y tranvías vienen vacíos de ella. Impaciencia. Fiebre.

Construyo un sistema de preguntas que la hieran, que la hagan estremecerse, contrita.[101] Apelaré al sarcasmo, al látigo verbal más fiero...

Ha pasado una hora. Comienza nerviosamente la segunda. El panorama de la ciudad se cansa de ofrecer contornos. Villa Juanita no tiene ya que interpretar: para mí es un lugar de tortura, en vez de deleite. Vengo a padecer aquí mismo el infierno reservado a los clientes asiduos. Es un refinamiento de los dioses que provocaría un franco alborozo en las devotas filas de la Adoración.

Por fin, un coche. Una mano, una cara, unos ojos que recorren la terraza. Isabel que hace señas.

—Entra. No puedo bajar, ¿sabes? No quiero que me vean aquí.

Me hundo en el coche dócilmente. Se derrumba todo mi sistema de ironías; se deshacen en estos brazos todas las

101 *Contrita*: arrepentida.

impaciencias; se apaga en su boca el fuego fatuo de cualquier altivez. Soy nada, nada entre sus risas.

—¿Te hice esperar mucho?

Se ha borrado el tiempo. Entre esta hora y el último minuto en que nos vimos todo se hunde, todo se desvanece, como todo se hunde y desvanece entre estos potentes reflectores que van marcando jalones en el camino de placer que va de la ciudad a Villa Juanita. ¿Qué es esperar y arder y soñar en sarcasmos cuando Isabel ya está aquí? ¿Qué es pensar cuando todo el cuerpo está brincando –loco, irrefrenable– en torno al espíritu?

—Daremos la lección aquí mismo.

—Ya no la necesitas. Puedes licenciarme. Lees muy bien.

—Yo siempre seré tu analfabeta.

Amengua el coche su velocidad. De trémulo nido pasa a ser un aula movediza, que aguarda el torrente de luz de cada foco para seguir la lección. Cuando el coche se ilumina Isabel lee una frase: relámpago verbal entre dos sombras. Se engarzan las palabras en su boca apresuradamente, siempre teniendo la tajadera[102] de la noche.

A veces sólo queda una mitad flotando –mutilada– hasta poderse juntar con el resto, el foco siguiente. Y nunca son exactos sus encajes; se pierden en el trayecto los puentes, las palabras mudas, desdeñables. A veces Isabel se detiene en uno de esos grupos de palabras que cantan; repite, insistente, alguna; la ofrece como luz de los focos consecutivos; la paladea como un bombón.

—Yo siempre seré tu analfabeta. Para los otros me fabricaré un idioma, el idioma que tú me has enseñado; me

---

102 *Tajadera*: cuchilla con forma de media luna para cortar alimentos.

servirá de máscara. Para ti volveré a ser siempre el muñeco ignorante que un día se tropezó contigo... ¿Recuerdas?

—Recuerdo. Esperaba un amor, no sé por qué. Y llegaste tú.

—Un pobre amor silvestre. Lo podaste. Lo hiciste mucho más apetecible. Lo encareciste. Ya ves. Llegué a ti en coche prestado. Hoy vine en el mío... Habla. Pregunta.

—¿Qué quieres que te pregunte? ¿La marca? ¿El nombre del dueño?

—El coche es mío y tuyo. Lo hemos comprado juntos, tú con tu talento, yo con mi...

—Con tu hermosura, ya lo sé. Me voy.

—Aguarda.

—Me voy.

Duro, lacónico, insisto. El coche vuelve a la ciudad. En una calle solitaria me desprendo de él, me desprendo de Isabel, que quiere retenerme hasta la hora del hastío. Aun brota del coche una mano, un pañuelo. Al fin todo –coche, mujer, amor– desaparece.

Sigo, aturdido, vibrante, plantado en una esquina. Pasa media hora y la vibración persiste. Cuando una muchacha que brota de cualquier zaguán se prende a mi brazo me es imposible rechazarla. Tiene la misma estatura que Isabel, y la noche borra de ella casi todas las demás características. Hay en sus ojos el mismo guiño picante que convida al tedio, a llegar definitivamente al tedio. Hay en unas y otras manos la misma fiebre, la mía.

Me dejo arrastrar.

La anécdota, el turbión de anécdotas, ¿borrará de mí este amor esencial fracasado?

Me dejo arrastrar, y de pronto comienzo a ver el mundo, ya fuera, ya libre de esa cápsula angosta del coche de Isabel, desde donde sólo podían leerse frases mutiladas.

Comienzo a ver el mundo: este zaguán, esta pintoresca meretriz, esta escalera, aquellos cuadros, este balcón que da a la ciudad semidormida, esta riqueza de perfiles de un cuerpo desnudo, de éste o del otro o de aquél... ¿Qué más da? ¿A qué podemos llamar permanente en este carrusel donde las cosas más profundas apenas son provisionales?

Comienzo a ver las cosas, no desde una fiebre, no desde un coche que va recogiendo ráfagas de las cosas, sino desde una atalaya firme, desde una almena a la que el mundo llega ya posado, irónico, encantador... Perfiles desnudos de mujer, centelleos de calles, gritos, siluetas negras de estatuas, árboles, fuentes, caminos, el mundo entero.

Me dejo arrastrar.

Fuera, ruidos de botellas, risas procaces, un piano, ritmo de baile, golpeteo de puertas, espuma vital contenida. Por la ventana llegan de la ciudad todos los ilusionados mensajes de lo inconcreto, que aquí, entre estos hombres uniformados por el tedio, se traducen en un cínico idioma de cifras y gestos. El cerebro de la ciudad enciende todas las luminarias para que estos supervivientes de un naufragio en fatiga puedan ver claro en todo: en el deseo, en el amor, en la vida. Y en la misma muerte, porque aquí se está más cerca de ella. ¿No es ya muerte toda esta vida precipitada?

¿Y este hombre que en la tenue claridad del pasillo se me acerca, saltones los ojos, trémulas las manos, ebrio, sombrío? Un cañón de revólver se enfila bruscamente hacia mi pecho; un diminuto brocal de acero se hunde en la tela, me llega su frío al pecho.. ¿Quién es este hombre macilento que me corta el paso, que me susurra al oído?

—Soy el capitán Altaide. Óigalo bien. ¡Si vuelvo a verlo con Isabel, le mato! ¡Le mato!

¿Qué voy a decirle? ¿Qué podré yo decirle, si mi lengua y mi cerebro son incapaces de entablar esos diálogos de fin de drama, en los que ya brilla el acero o el níquel y se anuncia el magnesio trágico que pone fin a los banquetes vitales? ¿Qué puedo yo hacer sino ir retrocediendo hasta pegarme a la pared, aguardar allí, convulso, mi último latido? ¿Cuándo aprendí a tomar parte en estas escenas junto a la muerte en donde cualquier actor genial fracasa?

—Yo...

No es mi lengua, ni siquiera mis labios, son mis dientes los que pretenden fijar en el aire una de esas frases de final de agonía que más tarde suelen transcribir los manuales de historia. Castañeteo inexpresivo, muy lejano de todo racional idioma. Los dientes son incapaces de contribuir al fomento de las antologías. La muerte se hizo aquí preceder de los estados más turbios: esta muerte que pronto va a asomar por el brocalillo de acero, que aguarda a unos milímetros del corazón.

—¡Le mato! Porque esa mujer es mía. ¿Lo oye?

Entre la pared y el cañoncito soy una masa turbia incapaz de oír y de pensar. He cerrado ya los ojos, dispuesto al total aniquilamiento. Las palabras del capitán se pierden en un espantoso zumbido. Apenas se salvan las tres sílabas definitivas:

—¡Le mato!

¿Cuánto tiempo he seguido aquí, en plenas tinieblas, pegado al muro?

La tenaz opresión fue haciéndome retroceder hasta el mismo borde de la sima. Un poco más y, sin un grito, sin un sollozo, me hundiré para siempre. El cañón eligió tan bien su sitio que el tránsito será brusco, momentáneo; apenas habrá tránsito, sino dos estados diferentes que de pronto se sueldan. Persisto en hablar un idioma que sólo puede ser pronunciado por los dientes; el resto de mis órganos, ya en plena entrega a las sombras, a la perpetua quietud, va hundiéndose cada vez más en la sima. Una rampa silenciosa, un declive donde las ortigas no punzan ni las zarzas prenden, donde la maleza es blanda y muda, va apagando la caída lenta de mi cuerpo.

Aun ensayan mis dientes el comienzo de una breve glosa a la vida que queda flotando neciamente, pero no tardo en desistir de todo epílogo inútil. Mis pies van pisando cada vez con más firmeza. Allá abajo, en la sólida región donde la muerte acaba de restañar toda sangre y toda carne, donde el cuerpo se convierte en desnuda geometría, hecha de líneas esenciales, ¿para qué recordar ya unas mezquinas escaramuzas en torno a cierto curvo y frágil volumen, herido por lo más inexorable, por su propia fugacidad?

Allá abajo, entre conceptos ya definidos, entre verdades ya cristalizadas, donde las metáforas no tienen ya sentido, donde ya nada se ve por espejos y enigmas sino cara a cara, ¿quién podrá ya recordar una anécdota apenas utilizable por algún vano espigador de superficies?

—¡Le mato!

Las tres sílabas suenan ya muy lejos. Tan lejos que ya puedo separar las dos sensaciones: la fría del revólver y la candente y crispada boca del capitán Ataide. Suenan como al fin de un pasillo, como desde el fondo de un pozo; mientras, la opresión persiste; el hierro está aún aquí, separado de la boca, de las manos del capitán; arrastro mi opresión a lo largo de la rampa; una opresión que va cediendo, cediendo...

Si abriese los ojos vería alrededor dos camareros absortos, una desconocida que me recorre la frente con las manos, que me acomoda en un sillón; pero no quiero asistir a mi propio tránsito; quiero ya abrir los ojos en un paraje donde se hayan eliminado las sombras, donde no haya más luz que la que irradie de las mismas cosas, de mí mismo, hecho limpias aristas, definitivo cristal, esqueleto.

—¡Le mato!

La voz apenas es un murmullo. Ha huído; pero el aire, por broma, va repitiendo el molde que en él dejaron las tres sílabas. Ya no temo ese estribillo. Y de la terrible opresión del revólver apenas me queda una vaga pesadumbre de mano apoyada sobre mi corazón. Si abriese los ojos vería a una mujer asomada al mismo pretil bajo el cual me he resignado a ver desvanecer mis últimos latidos. Si abriese los ojos, asistiría al monótono espectáculo de mi ataque. Pero mis ojos continúan herméticos. Una blanda sensación de aniquilamiento va aflojando uno a uno todos mis nervios. La sima me va engullendo dulcemente. Ya casi en el fondo me detienen unas manos.

—Caballero... Es ya tarde.

Y una voz compasiva:

—¿Se le pasó?

Echo a andar por un camino cualquiera. Avanzo, tambaleándome –candidato a la muerte fracasado–, sin pensar por qué razones habrá sido retrasada mi ejecución. No intento mirar hacia atrás, pero nadie me sigue, excepto la luna.

En una parada del tranvía me siento a descansar; en el banco inmediato, un vagabundo, cansado de esperar, se ha dormido. A lo largo de la avenida, un sereno va abriendo las puertas a los últimos consumidores de la noche. Una noche complaciente que, sólo al ver desaparecer sus últimos amantes, se destrenza la fría cabellera de medusa, recorre nerviosamente las calles, sierpe alevosa, buscando las rubias sienes del día recién nacido, para azotarle, para despedirse de él con besos de hielo.

Porque cada noche huye del mundo con hielo en los pies. Quiso enroscarse a la tierra, sorberle todos los placeres, dejarle exhausta, estéril para el día nuevo, y cada amanecer fracasa, desparece con un beso frío, como el de la amante que nunca ha de volver.

Aguardo vanamente un tranvía. Cuando rechinen otra vez las ruedas sobre los negros nervios desnudos de la calle, habrá comenzado ya a gemir el día, fustigado por los fríos rizos negros de la madre en fuga. El vagabundo, para quien el tiempo es una cantidad continua, sin más zanjas que el negro acoso del hambre, prosigue durmiendo. Las sierpecillas heladas se enroscan a mis pies; los del vagabundo, hecho una bola sobre el banco, se desentienden de toda cabriola del aire. El viento resbala por aquel montón de restos de desván sin intentar bromas con

él. Es un blanco sólo sensible al cierzo, a uno de esos ase-
sinos del Guadarrama o del Moncayo[103] que afilan con-
cienzudamente su navaja.

¿Estaré junto a un cadáver? El montón de carne no
sufre visibles estremecimientos. Me acerco a contemplarlo.
No puedo verle la cara, porque se la oculta un guiñapo;[104]
sólo pueden verse allí despojos que levemente palpitan.
Vive. Vive, al menos cósmicamente, porque su vida social
será discutible, como su vida mental; como su vida ética.
Vive, y lo contemplo ingenuamente como un magnífico
ejemplar de precadáver humano. Este hombre habrá
quizá muerto entre los hombres, pero ¿no supo encontrar
una forma vegetal, animal, de vida quizá más intensa, más
sabrosa que la de todos los opositores del mundo? He aquí
la negación de toda vida científica; pero, ¿no es asimismo
una afirmación rotunda de vida cínica, agreste, rebelde a
esas normas que restringuen y secan? Una selva virgen,
con toda su bárbara grandeza. Persisten aquí los verdaderos ímpetus vitales...

El vagabundo, al fin, se rebulle sobre la piedra, busca
una postura yacente más cómoda, probablemente sin éxito.
Huyendo del relente, apresuro el paso, me interno en la
ciudad por donde apenas circula algún borriquillo cargado
de hortalizas. Un espectro dobla la esquina, uno de esos es-
pantapájaros, asustado quizá por los buitres –él que sólo
se atrevía a asustar a los gorriones– que habrá huido de su
cuadro de guisantes, de su pequeño bosque de maíz.

Al primer espectro sigue otro, y otro. Todos encor-
vados, derrengados, arrastrándose a sí mismos, barriendo
con los pies la acera. Montones de guiñapos en marcha, en

---

103   Picos montañosos de la península ibérica.
104   *Guiñapo*: pedazo de tela.

una marcha lentísima que subrayan penosamente los sendos escobones, armas grotescas que cuelgan de sus brazos como otro burlesco harapo. Es el equipo fúnebre que viene a arrastrar los despojos de un día cadáver. Son los sepultureros del tiempo. Detrás de estos fantasmas, la ciudad reanuda cada amanecer sus amores con la luz, con la esperanza. Ellos cubren las zanjas lamentables que abre entre dos fechas el sueño de la ciudad. Le estiran las arrugas, le lavan y refrescan el rostro. Los últimos estertores luminosos acaban de extinguirse.

Sólo allá arriba, en un tercer piso, una ventana iluminada se burla de esta presumida faena que realiza el equipo de espectros...

Ya lo sé... Hay muchas rebeldías así. De pronto, un hombre se niega a dar el brinco, a saltar a zanja; y se queda para siempre en una fecha. Allá arriba hay uno de estos hombres que han detenido el tiempo, para quienes en vano se lava el rostro la ciudad.

Del portal surge un hombre de rostro de cera, de paso arrítmico, convulso, en ese traje que no se viste, que se arroja sobre la carne, que la carne no logra acomodar a sus líneas, toda estremecida porque muy cerca de ella, acechando, se rebulle el viajero invisible... Arriba hay una luz que martillea en mis pupilas, que me acribilla las sienes, que me repite en los mismos oídos la palabra terrible. Toda la calle apagada, menos esa luz, cada vez más amarilla, enlucha con los rizos áureos de Dafne[105], que no arrullará el mismo sol, porque en algún cuartito apartado se refugiará con otras amigas lívidas en torno a una expedición dispuesta para la estación sin regreso.

---

105 Dafne es según la mitología griega una ninfa de los bosques de la que Apolo se enamoró perdidamente.

Frente a la ventana espero angustiado ver apagarse la luz, que la ciudad asesine definitivamente un día tan cruel, que esos espectros preparen la calle para la nueva resurrección. Espero allí, como otro espectro; porque yo sé que allá arriba, junto a la terrible luz, está sentado el verdugo del tiempo, el que lo degüella súbitamente, el que hace saltar las espirales, romper las manecillas, parar bruscamente el cuentakilómetros, todos los pulsos, todas las bielas.

El zaguán rezuma otros dos fantasmas que —en los rostros, en los trajes— arrastran ya un poco de esa ceniza que allá arriba está fluyendo de los ojos del inexorable huésped.

—¡El pobre!

—¡Ya acabó de sufrir!

Se despiden apresuradamente. Emprenden una vergonzosa huída, se escapan de algo que ellos mismos —adormilados— no comprenden; huyen del día retrasado, del día que ha querido aprisionarlos en su última fiebre, de ese viejo día tenaz que quiso incrustarse dolorosamente en el nuevo. Arriba ha muerto un hombre; pero ¿qué nos importa la muerte de un hombre ante la muerte de un día?

Espectros fugitivos: Yo sé que la muerte de cada día es también para vosotros una muerte parcial, la rotura de un fragmento de esa triste cadena que persigue —implacable— su último eslabón. Yo sé que nuestra vida es una sucesión de pequeñas muertes. Ella, como un suave roedor, va minando el engranaje. De pronto, una ruedecilla feble[106] le deja más libre la faena, y se siente brincar dentro de nosotros. En pocos minutos he adelantado un mes, un año, diez años. Según la violencia, según la tremenda alegría del brinco. ¿Qué puede importarnos la muerte de un

---

106 *Feble*: débil.

hombre ante la muerte de un día, *de uno de nuestros días?*

Ese hombre es algo fuera de nosotros; el tiempo somos nosotros mismos; cada día muerto es un poco de nosotros que muere. Por eso yo, en las horas de fin de jornada, sufro una angustia que en vano quiero a mí mismo ocultarme apelando a un libro, a un vientre de mujer, a una copa de vino, modos frívolos de tender un puente sobre la inexorable zanja entre dos días. El foso está aquí, abriendo las fauces para engullirse un trozo de nosotros, mientras dormimos creyendo –¡infelices!– recuperar así en parte nuestra vida. El sueño es la máscara que encubre las barbas irónicas del tiempo. Y cada mañana es una falsa fiesta que el mundo celebra para disimular sus fracasos de ayer.

¿Por qué algunas pobres almas ilusionadas ven nuestra vida como un hilo que repta electrizando los hombres y las cosas, de feliz o infortunada ruta, pero sin otro peligro que el brusco tijeretazo de cierta joven Parca?[107] ¿Quién dijo que una muchacha voluble puede asestarnos, aquí o allá, sus tijeras?

Piensan estos ilusos que las dimensiones de la vida nos crecen en razón directa de su lejanía de la muerte; que la muerte es el terrible adversario de la vida, a quien es preciso conservar muy distante... ¡Qué ligereza! Nuestras vidas no son hilos con que juegue una sombra; nuestras vidas no son ríos que vayan a sumirse en ningún mar[108]; la muerte no es ningún tijeretazo ni ningún abismo; la muerte y la vida son hermanas gemelas; el fisiólogo de agudeza más extrema no podría reconocerlas en la cuna; sólo el poeta...

Algún poeta ha pretendido hacer de la muerte una amenaza, cierto emboscado proyectil que acabará por es-

---

107 Las parcas son según la mitología romana las personificaciones del Destino. Controlan la vida de cada hombre y eligen su final cortando con unas tijeras el hilo de su existencia.

108 Alusión a unos famosos versos de las «Coplas a la muerte de su padre» de Jorque Manrique (c. 1440-1479), donde se compara la vida a un río que irremediablemente desemboca en el mar.

tallar dentro de nosotros. La muerte –dice– se encierra dentro de nosotros como el hueso de la fruta...

No. La muerte se encierra dentro de nosotros como la corriente negativa en el cable.

Siento rígidas mis piernas, todo el cuerpo entumecido. Antes de entregarse a sus faenas, cada día que nace se sumerge en neblinas, en rocíos, en escarchas, en todo lo que constituye –según la estación– la asepsia de la mañana. La más ardiente noche de verano fragua, al llegar estas horas, un fresco lavado y reteñido del día.

Quiero huir del helado filo que separa la noche del alba y busco el antiguo lugar de refugio, aquel lugar que abrió siempre sus brazos al nómada salpicado de las barreduras del tiempo: una iglesia.

Yo, el opositor número 7, ladronzuelo de amor, hombre al margen de la ley que rige las compras del deleite, tengo que apelar al derecho de asilo.

Un negro vestíbulo se me engulle en silencio. Dentro las sombras se apelotonan cobardemente en los rincones, ante unas pobres lucecillas que a su vez aguardan la invasión del día. Desde un altar, un sacerdote me abre sus brazos, me envía su saludo latino. Dos o tres sombras recogen el saludo que yo, adormilado, dejo resbalar por mi frente. Me acurruco al extremo de un banco; descansaré aquí mientras abren los portales, mientras el día nuevo concluye sus faenas higiénicas.

El templo es menudo, es una de esas capillas de convento donde el rito más grave adquiere fisonomías domésticas, donde la misma divinidad se ofrece, como un rosado muñeco, bajo campanas de cristal. Pero a cada pilastra hay pegado un espectro. Frente a mí, un decapitado ofrece su propia cabeza. A la izquierda se yergue una mujer demacrada, que lleva por todo traje un trozo de estera rodeado a los muslos.

Figuras patéticas, excepto la de un honrado sastre que se presenta en su atavío burgués, con las tijeras al talle, en testimonio de su laboriosidad: no las olvida ni en esos días de gloria, en que ya puede alternar con los grandes reyes y cortesanas del cielo.

Voy reconociendo los espectros. El de Lamberto, el de Pelagia, el de Homobono... Reconozco a todos los habitantes de este pequeño mundo en que se ha borrado todo confín histórico y los hombres de ayer y de hoy se dan la mano silenciosamente. Si siento deseos de saludar a Tobías me basta con volver la cabeza y recoger una seña que me está haciendo el arcángel con su pez; si quiero charlar con San Pedro, aquí llega en su pacífica actitud de sereno celeste...[109]

Pero me preocupa mucho más la llegada del mendigo que dejé durmiendo en el banco y ahora penetra en el templo medrosamente, asesino que huye o ratero que planea. Al divisarme se me acerca en la actitud de un cómplice, se sienta junto a mí, me hace una seña... Al sospechar que su contacto me repele, se disculpa:

109 Lamberto alude al mártir aragonés del mismo nombre que fue decapitado por su amo por no querer renegar de su fe y que, según la leyenda, cogió su propia cabeza cortada y caminó con ella en brazos hasta llegar a su tumba junto a otros mártires. Pelagia de Antioquia (m. 468) es una mártir cristiana que después de una vida libertina se dedicó al ascetismo. Homobono es un santo católico italiano que murió repentinamente mientras escuchaba misa, en el año 1197. Tobías, según la Biblia, es un joven que consiguió casarse con su enamorada Sara con ayuda de un ángel, que le aconsejó cómo ahuyentar al demonio que atormentaba a ésta: quemando el hígado y el corazón de un pez que había pescado anteriormente.

—Sí, ya sé que todos temen nuestro roce; pero eso es injusto. Nosotros somos la misma justicia... Perdone. Quiero pedirle un favor.

Hundo la mano en mi bolsillo, dispuesto a socorrer al vagabundo; pero el vagabundo me contiene con un gesto, sonríe humildemente, prosigue:

—No, no se trata de eso. Lo que deseo es una rehabilitación.

Yo bien quisiera hablar, interpelar al mendigo; pero me es imposible recordar cómo se articulan las palabras; muevo los labios, los dientes, la lengua... Dejo fluir sonidos inccherentes... El vagabundo prosigue, incansable:

—Usted es erudito. Usted conoce los archivos. Vaya a Simancas. Allí está seguramente el proceso... Que lo revisen. Quiero mi rehabilitación...[110]

Habla atropelladamente. No puedo interrumpirle; he desistido de atormentar mi memoria.

—Sí, mi rehabilitación. El alcalde cometió conmigo una vileza. Por satisfacer al rey, arrojó una mancha perpetua sobre mi linaje, pobre pero honrado. Porque yo sabía degollar, señor. Ni los hidalgos eran en Zalamea modelos de virtud, ni el mismo Pedro Crespo era más que un labriego insoportable. En cambio, señor, yo cumplí con mi deber. Di garrote al capitán, porque así –hipócritamente– se hizo todo. Sin ruido, sin aparato, en un rincón de la cárcel. Pero yo sabía degollar. Vea usted, aquí le traigo esta cabeza. Vea lo bien cortada que está.

Del saquito extrae la cabeza de San Lamberto, de ojos fatigados, inexpresivos.

—Es una cabeza perfectamente cortada. Podía mos-

---

110   El Archivo General de Simancas, fundado en 1540, fue el primer archivo oficial de la Corona de Castilla, y albergaba fundamentalmente documentación administrativa.

trarle muchas otras. La de Padilla, la del príncipe Hermenegildo, la de San Pablo...[111] Mírela bien.

Jadeante, yo quiero protestar, arrojar de allí al
verdugo; pero mis brazos entumecidos, mis piernas aga-
rrotadas, se niegan a moverse. Si no atajo al vagabundo,
querrá mostrar todas las cabezas cortadas de la Historia.
Es tal su vehemencia que acabará por fundir todos los
pueblos y todas las épocas en la menuda historia de su rehabilitación. Cierro los ojos. No quiero ver tanto despojo
ensangrentado; pero el verdugo insiste en que admire los
primores del hacha.

—Vea, señor. ¡De un solo golpe!

Y alza la cabeza del mártir a la altura de mi pecho, la
aprieta contra mí, tenazmente. Me revuelvo en el asiento,
quiero alejar de allí al mendigo, arrancar del saquito la reliquia profanada. Me ahogo... En un esfuerzo desesperado
caigo de rodillas, a tiempo que la campanilla de plata
anuncia el momento de alzar.

Arriba San Lamberto ha recuperado su cabeza. El
mendigo duerme acurrucado sobre su saquito de men-
drugos.

---

111   El hidalgo Juan de Padilla (1490-1521) participó en la Guerra de las Co-
munidades de Castilla y fue decapitado tras la derrota. Hermenegildo
(m. 585) era un príncipe visigodo convertido al catolicismo, lo que provocó
un enfrentamiento con su padre, y su posterior decapitación. El apóstol
San Pablo tuvo idéntica muerte, tras ser apresado en Roma durante las
persecuciones de Nerón.

Una carta de Isabel.

Acabó de aprender a escribir y ya se complace en utilizar su nueva sabiduría en ir cavando entre los dos, cada vez más anchas, zanjas irreparables. Ya siempre nos ha de separar un amañado epistolario, un frío teléfono.

Flota en la carta una Isabel artificial, la que yo mismo fabriqué como se fabrica un período retórico. Me reconozco a través de cada frase. Me estoy escribiendo a mí mismo. Estas cartas serán como fragmentos de un espejo donde me iré contemplando cada vez más borroso.

Porque Isabel aún no conoce el arte de expresarse a sí misma y sigue —infantilmente— expresando una personalidad prestada. De aquí y de allí toma frases ya forjadas, al azar. Poco a poco me va devolviendo cuanto le fui regalando en mis lecciones.

Y por teléfono su voz es también un poco artificial —de tan turbia—. Pero sus frases suelen volver, retroceder al período inicial de su vida, al período agreste. Como se ve obligada a improvisar, titubea, suele apelar a lejanos archivos de su salvaje adolescencia. Por lo enjuto y bravío de sus palabras, evoca la fecha en que ese mozuelo —héroe oscuro, innominado– le reveló el secreto de conquistar el mundo, en vez de asegurarle un puesto de nodriza.

Pasan días sin verla. Una tarde recibo este telegrama:

«Salgo para Bayona.»

Otro día recibo una carta, donde se dice:

«Venimos de París. Estoy frenética. Tanto tiempo aprendiendo a ser mujer para luego caer estúpidamente en manos de un insoportable cosechero de vinos. Voy a cambiarlo por un público cuyas manos no lleguen nunca a mi piel. Estoy aprendiendo solfeo. Me gustaría cantar. Pero el marqués refunfuña... Quiso hacer de nuestra excursión por Europa un viaje cursi de novios. Pretende hacerme creer que toda yo le pertenezco. Mi piel, porque la paga, centímetro a centímetro: mi espíritu, porque sólo es una válvula más de mi belleza, y él pagó las lecciones suficientes para que funcionasen bien los resortes. Me asquea. Aún le sigue perteneciendo mi piel. Pronto, ni eso. Quiero guardar mi cuerpo para el verdadero amor y entregar mi epidermis, en espectáculo, al público que mejor lo pague.»

Pasan meses. Recibo, al fin, un telegrama.

«Estoy en Barcelona. Libre. Contratada. Vivo Hotel Roger de Flor. Ven.»

Contesto:

«Prefiero aguardar.»

Una carta suya, muy reposada:

«Bien, no vengas. Quiero estar sola unos meses. Los precisos para entrenarme en este oficio de sonreír ante miles de ojos que me poseen. Es una voluptuosidad que a nada puede compararse; déjame gozarla, déjame que aprenda a verter mi espíritu por toda la superfície de mi cuerpo, a dejarlo fluir por mis dedos, a dejarlo resbalar por mis piernas, hasta mis pies, que tiemblan de deleite ante el monstruo de miles de pupilas. Mi danza consume todas las reservas de emoción; el aplauso me arrastra a las negaciones definitivas, a la negación suprema del... Iba a decir del amor. Perdóname. Vivo en una embriaguez que se desvanecerá pronto. No vengas. Me encontrarías poseída por otro tirano más soberbio, más huraño que el capitán Ataide. Mi cuerpo y mi espíritu estaban antes divorciados. Podía guardar intacto el segundo para ti. Ahora ya no. Ahora se han fundido rabiosamente. Tengo el espíritu repartido por todos mis miembros, por toda mi carne. Ahora mi piel es el espíritu. Te la envío.»

Con la carta viene un paquete de revistas de *music-hall*. En una aparece Isabel sin más traje que una piel rodeada a la cintura. Una encantadora salvaje. En otra con unas espigas de oro en el regazo. ¿Estará reviviendo los preludios de su amor? Sonríe. Me sonríe, como a todos los demás espectadores. De su sonrisa se habrán tirado miles de ejemplares.

Iba yo a darle un beso, pero me contiene un ridículo pudor. ¿Se puede besar a un espíritu? Guardo el paquete, como cualquier niño que colecciona a hurtadillas estampas obscenas.

Pasa otro mes. Llegan nuevas revistas, números nuevos del «espectáculo Isabel». Un día escribe:

«Ven. Te necesito. Me dictarás cosas bellas. Yo las interpretaré en el escenario. Escribirás una canción que yo danzaré ante miles de espectadores. Nos divertiremos mucho. No tardes.»

Le contesto:

«No voy.»

Y comienza una correspondencia humilde, resignada, de esclava que no sabe huir del tirano. De pronto comienza a asomar en sus cartas la verdadera Isabel, su estilo.

Mi gran hallazgo. Su espíritu comienza a recogerse de nuevo en su interior. Ya no se vierte, como un perfume, a lo largo de su piel; ya es un foco de donde arrancan todas sus palpitaciones. La más fina es esa palpitación epistolar. Ya cada una de sus frases es un latido más de toda Isabel, hecha armónica estructura.

En lugar de números de revista envía fechas de un diario. Lo comienza a escribir –la encantadora analfabeta– cuando una noche presiente un poco de frialdad en los espectadores. El diario comienza por un retorno a lo más hondo de sí misma, y desde allí se dispara con más ímpetu. Su espíritu se sigue replegando. Su piel es ya un confín, ya es un límite. Por ella ya no resbala voluptuosamente el espíritu, resignado a su condición de cápsula.

Un día me escribe:

> «Me canso. Mi desnudez se la han repartido ya todos los públicos de Europa. De pronto me di cuenta de que con ella iba también perdiendo mi intimidad. ¿Podré recuperarla? Mi intimidad sólo la compartí contigo. Quiero reanudarla. ¿Vienes?»

Telegrafío:

> «No voy.»

Y el mismo día le escribo:

> «Has perdido para siempre tu intimidad. Tu espíritu ha gastado demasiadas bromas con tu piel. No puede llegarse a tanta familiaridad con los seres inferiores. No te queda otro recurso que seguir ofreciéndote en

espectáculo. Un espectáculo es también tu diario. Sigue escribiéndolo. Para mí, para todos. De todos modos, tu intimidad ha de verterse, ha de resbalar por una desnudez. De la carne o del espíritu. Envíame tu espíritu desnudo, como me enviaste tu cuerpo desnudo. Has nacido para ser una bella estructura humana que no puede esconderse, porque su fin es agradar. Me regocija mucho pensar que yo fui quien elaboró el instrumento más fértil de tu espíritu: el idioma. Letra a letra, sílaba a sílaba, palabra a palabra, frase a frase, llegué a hacerte dueña de tu propia expresión; de tu propio espíritu. Por mí puedes ahora desnudarlo, mi linda analfabeta. Ante mí o ante el mundo entero. Intenté modelarlo discretamente... ¡Ojalá pudiese haberlo hecho genialmente! Pero tu desnudez genial —estoy repasando unas revistas— es hoy la otra. Y ambas prefiero contemplarlas desde lejos. Su estuviese junto a ti quizá fuese otro tirano. No iré. Libre y capaz de ofrecer ambos espectáculos, recorre tú sola el mundo.»

Isabel contesta:

«Nos veremos, pues, cuando uno de estos dos espectáculos —el de mi piel sujeta a ritmo— comience a defraudar. Entones acudiré a ti. Me seguirás enseñando a cultivar el otro, el del espíritu. Cerca o lejos, siempre seré tu analfabeta.»

-

VII
ARCHIVO DE UN AMOR
(EDAD FUTURA)

Sube la escalinata del Museo[112] tres veces más lenta que hace unos cinco años. Isabel, que entonces elaboraba su sonrisa desde antes de aparecer entre los árboles, desde toda la mañana, que ya al despertar se la prendía en la boca, para lucirla bien madura todo el día, hoy se la inventa a mitad de la escalera; la elabora de prisa, casi en el instante de estrechar las manos que le aguardan. Una sonrisa precipitada, sin tiempo para movilizar bien todos los músculos.

Me mira y me habla como entonces, me oprime como entonces las manos; pero este apretón, esta mirada risueña, estas palabras infantiles, todo es una fiel reproducción de los últimos encuentros. Nada añade, ni siquiera un poco de rubor por cinco años de silencio. Nuestras caras, nuestras manos, tienen tan bien aprendida la escena que sin punto ni coma pueden hoy exactamente repetirla, pero sin añadirle nada.

Y acaso la repitan así siempre, mientras quede vivacidad en los ojos, fragancia en la piel, vehemencia en el pulso.

—¡Isabel!

---

112 El opositor e Isabel se citan en el Museo del Prado de Madrid, una de las mayores pinacotecas del mundo.

—¡Qué bien te sienta la provincia!

—Y a ti Europa.

—Ahora vengo de América.

—Eres de todo el mundo.

Aunque siempre se olvidan algunos arabescos: por ejemplo, hoy no se detiene ante la mesa de postales para no comprar ninguna, hoy no se asoma un momento al barandal para recoger con los ojos abiertos el camino que el amor solía recorrer a ciegas.

Llega un poco friolenta. Sus manos se refugian familiarmente en las mías, como en dos nidos conocidos.

Iba a telefonearte... ¡Salgo tan tarde del teatro! ¿Por qué no vienes a verme?

—Iré.

—¿Tardé mucho?

Ha tardado. Entonces también se retrasaba; pero yo dejaba de advertirlo en cuanto ella podía preguntármelo. Entonces sentía su tardanza como un acicate; hoy la siento como una falta de atención. ¿Es que huyó de entre nosotros la intimidad que todo lo perdona, y sólo nos queda ese resto de cortesía que todo lo tiene en cuenta?

Entonces yo solía responder:

—La impaciencia no me dejó medir el tiempo.

Pero hoy respondo:

—No. Has sido puntual.

Y comienzan los menudos cubileteos verbales que en vano se afanan por llenar el espacio de la ardiente y apretada incoherencia del amor. Penetramos en la gran sala, donde todo –como en nosotros dos– ha cambiado. Ahora los infelices reos de Berruguete,[113] antes escondidos

---

113   Jarnés alude al pintor renacentista Pedro Berruguete (1440-1504) y específicamente a su cuadro *Auto de fe presidido por Santo Domingo de Guzmán*, donde se ve cómo el santo condena a la hoguera a varios herejes albigenses.

como un plato excesivo, se nos dan como entremeses. El gran salón, nutrido hasta los bordes de rechonchos desnudos, es ahora como un meditado curso de historia del arte. En unos minutos recorremos algunos siglos de pintura, desde estas entecas figurillas que va a quemar el fuego de la fe, hasta aquellas petulantes mujercillas abrasadas por centellas de deseo.

Las Majas coronan la lección[114]. Entre ellas y los infortunados libros albigenses se va deslizando –en estampas casi siempre ascéticas– toda la historia de un pueblo.

—¿Recuerdas dónde vimos ese retrato?

La pregunta es otra. ¿Por qué no la formula así?

—¿Recuerdas cómo burlamos ante este Pantoja la vigilancia del Museo?[115]

Fue una caricia profunda, arrebatada a la solemnidad, a la soledad del Museo, como se roba una fruta al pasar por una calle.

—¿Y este otro?

Van acudiendo de todas las salas testigos de un deleite paseado entonces por todos los escondrijos del museo. El gran salón ha reunido allí, como para la vista de una causa por delitos de amor, a todos nuestros acusadores, reyes, santos, princesas; todos los mitos todos los dogmas nos señalan con el dedo como a profanadores de su hosca soledad.

Colgábamos nuestro júbilo de cada uno, como un muñeco de papel. No nos arredraban los caudillos ni nos amedrentaban las llamas de Domingo de Guzmán. Aquel amor era un rapaz con los ojos muy abiertos que iba sacando la lengua a todos sus antepasados.

Ahora...

---

114 Se refiere, naturalmente, a los dos cuadros de Francisco de Goya *Maja desnuda* y *Maja desnuda*, pintados entre 1790 y 1805.

115 Juan Pantoja de la Cruz (1553-1608), uno de los principales retratistas cortesanos de Felipe II, y del que se conservan numerosos retratos reales en el Museo del Prado.

Ella avanza con lentitud, lejana, desprendida, mirando lienzo tras lienzo. Alguno de ellos nunca lo vio, porque entonces apenas solían ser temas joviales por donde resbalaba una agudeza o una procacidad. Los personajes se enfilaban a lo largo de nuestro paso como viejos camaradas que aplaudían o censuraban aquel amor según su concepto de mundo. Los penitentes nos mostraban una calavera, mientras las Venus repetían su eterna lección de encantadora anatomía; pero Isabel acogía con la misma desenvoltura las bocas desdentadas, los senos henchidos, los flancos opulentos.

La muerte y el amor —siempre tan cerca— saludaban o maldecían entonces nuestro paso retozón e impertinente, sin lograr el más pobre homenaje. Éramos avaros de nuestra propia atención... Que hoy vamos repartiendo a trozos, desenfocada, dispersa. Isabel examina pliegue a pliegue los vestidos; miembro a miembro los desnudos.

—¡Qué cadera más falsa! —dice ante un mito de Rubens.

Porque Isabel hoy pretende conocer dónde acaba la realidad, aunque ignora los grados de audacia del pintor. Va aplicando su medida cosmopolita a cada fragmento de naturaleza. Se llega a regocijar cuando coincide.

—¡Qué bien esta espalda!

De pronto, ingenuamente, vuelta hacia mí, bosqueja una frase:

—La verdad es que nunca habíamos visto el Museo.

¿Qué voy a contestar? Sigo en silencio a Isabel, puesto que ya podemos ver serenamente tanta maravilla...

¿Y el diván? ¿Y nuestro diván?

Desde él recapitulábamos las peripecias del museo, sus graciosos encuentros, sus sorpresas; porque siempre, en alguna sala infrecuentada, solíamos tropezar con este o aquel amigo furtivamente enlazados a la aventura; porque el Museo está siempre lleno de acertijos de amor, de pobres copistas de este amor aquí impúdicamente ostentado por los dioses y los hombres. Desde aquel diván saltábamos al amor con la alegría de los niños golosos que brincan una tapia para irrumpir en un huerto colmado de manzanas.

Bajamos la escalera. El diván está sumido en una dulce sombra. Si ella pasa junto a él sin concederle una mirada, sin sentirse arrastrada por su mágica electricidad, será que el amor definitivamente ha muerto. Celebraremos en cualquier parte su quinto aniversario. Dos horas de tedio en su honor.

Vamos recorriendo las salas. La nuestra permanece intacta. ¡Brueghel, Brueghel con toda su vida sensual en gran parada! Recinto donde el placer se reparte estrictamente por los capítulos tradicionales. Placer de los ojos. Placer del oído... Los cinco grandes capítulos en que se reparte la vida que aún vale la pena de vivirse. De los que el pintor ha eliminado todo lo profundo, todo lo que queda detrás de la epidermis.[116]

Sala reposada, silenciosa, de la que se ha eliminado el pensamiento.

El diván está vacío; nos espera, tan dócil como siempre. Nada ha cambiado en él. Nada han cambiado los muros. Los mismos horizontes placenteros; la misma cárcel, abierta a todos los deleites epidérmicos de la tierra.

—¡Nuestro diván!– dice Isabel apretándome un brazo.

---

116 El pintor flamenco Jan Brueghel de Velours (1568-1625) realizó una serie de cinco cuadros que correspondían a los cinco sentidos.

La presión no es ya la suya; es que comenzamos a ser la granalla de hierro que va acudiendo a su polo[117]. La presión se fue iniciando en la escalera. Mis pies se atropellaban, sentíamos un jadeo inexplicable, el jadeo del que sube a una cima en vez de bajar —como nosotros bajábamos— a un sótano. Una inquietud de ser arrastrado por ese viento que no brama, que no silba, siempre en silencio, implacable.

¡Qué bien tenían aprendida su lección todos nuestros miembros! Corren a posarse en el diván, a apoderarse de él antes de que surja un nuevo pretendiente. Isabel llega primero. Sus labios dijeron *nuestro* por el mismo admirable mecanismo que la empuja a apoderarse del asiento. El guiño de sus ojos, la febril caricia de sus manos, el ritmo de sus pies, obedecen a un mismo resorte.

Cuando nos sentemos, ¿obedecerán nuestras lenguas al mismo inexorable imán? ¿Reproducirán las mismas charlas? ¿Con igual desenfado? ¿Con el mismo atropellado humor? Porque nuestro diálogo y nuestro grupo eran aquí una glosa adicional a la gran parada de deleites extendida por los muros.

Éramos aquí una viva síntesis de todos estos felices seres pintados. Todos nuestros sentidos tomaban parte en la gran fiesta. Éramos una postdata a Brueghel. Le hubiéramos ofrecido bombones de los nuestros, sonrisas de las nuestras, besos, fiebre de nuestra boca, de nuestras manos...

Me dejo llevar como un conejillo de Indias a contemplar algún tremendo ensayo de mi red nerviosa crispada. Esta lógica de las sensaciones reeditadas me aturde, me amputa la otra lógica, me borra cinco años, me

---

117 *Granalla*: conjunto de granos a que se reducen los metales para facilitar su fundición.

sitúa en plena cuna de un amor. ¿Irá aquí a renacer hoy, a brotar de nuevo como salta un cachorro amaestrado ante unos arcos que se parecen mucho a los del circo?

Porque está fielmente reproducida la escena. El empleado que se aleja, es el mismo, porque todos son iguales por la espalda. La luz es la misma, porque son las mismas la hora y la estación. Sólo las piernas de mi amiga están menos desnudas, porque la moda coquetea eternamente con el tiempo; pero esto es un leve accidente que en nada altera la estructura del cuadro; apenas es un matiz nuevo que no tendría vigor bastante para estimular una fiebre que todo lo demás ya no hubiese provocado.

El diván nos mece con igual socarronería de cómplice, con la misma blandura de lecho. ¿Brincará de él nuestro amor, siquiera sea para desentumecerse un poco?

Mientras lo pensaba, el amor yacente ha recuperado su carne y su sangre. El cuadro —¿seremos un lienzo más de este Museo?— está ya vivo; el grupo se mueve con la misma agilidad de entonces.

¿Quién no podría darse cuenta de la transformación de Isabel? Ella que, al encontrarnos, me pareció una de tantas muchachas adscritas a alguno de esos veinte o treinta tipos de mujer cuyos rasgos esenciales se reparten entre millones de hembras —como en un bosque se reparten millones de hojas una misma figura— ahora va recobrando su calidad de mujer única, de mujer construída especialmente para este conjunto del que formo también parte, como el diván y la alfombra y la ventana.

La misma sonrisa, la misma agilidad en los ojos y en las manos que ahora vuelven, como entonces, a jugar con las mías. Su misma dulce presión. ¿Es que los resortes de sus dedos no aprendieron ya nuevos primores? ¿Por qué se deleitan repitiendo el viejo engarce?

Es que se cumple en nosotros una oculta ley de armonía. Algo al llegar aquí nos encadena, nos hace esclavos de una estructura que antes se fraguó por un ímpetu vital y hoy se recompone, se vuelve a fundir...

¿Es un nuevo retoño de felicidad? ¿Es inercia?

Yo lo sé... Hemos traído algunos elementos de un cuadro que al llegar aquí —misteriosamente— se enlazan con sus antiguos cómplices. Nos prende una red de armonías ajenas a nuestra voluntad. ¡Somos unos pobres detalles que de pronto acuden a completar una forma, como del navío legendario huían todos los clavos y aparejos de hierro para incrustarse en torno a la montaña de imán![118]

De pronto sentimos hundirse nuestro propio navío, porque todo lo mejor nuestro se escapa de nosotros para ser un arabesco de otro ser, para completar una total fisonomía. Apenas somos hoy muñecos humildes de un antiguo conjunto cuya faz integral no conocemos.

---

118 Alusión a una de las historias contenidas en *Las Mil y una noches*, la «Historia del tercer Saaluk», donde se habla de la Montaña de Imán, una montaña de rocas negras frente a la que efectivamente naufragan todos los barcos que se le acercan al ser atraídos sus componentes metálicos.

Impaciente, le digo:

—Cuéntame.

Deseo necio el mío. ¿Por qué intentar escribir signos viejos en la pizarra del tiempo? Una implacable revisión de los fenómenos que separan estas dos fechas nuestras harían perder a la segunda toda su calidad de hallazgo, juntarse pobremente a la cadena, a cierta monótona cadena de sucesos.

Si podemos contemplar estos dos preciosos capiteles de un arco vital que ha recorrido su curva, ¿para qué dejarlos borrar por el infantil capricho de medir y pesar cada dovela[119]? Piedras grises, idénticas, abrumadoras, que sólo pueden tenir sentido por estos dos bellos arranques.

—Cuéntame –repito.

—Mi vida pública, ya sabes, anda por ahí impresa. La privada...

—Dime.

—¿Para qué? Cuéntame la tuya.

—Primero tú.

Inclina la cabeza. Lo demás fluye susurrado, entre escollos de rubor. La escucho religiosamente. Admiro estas

---

119   Una *dovela* es cada una de las piedras que unidas forman un arco o bóveda.

vidas que el mundo suele dar por vergonzosas, por perdidas, reprochándoles haber recorrido su ruta con demasiada prisa. Vidas colmadas de experiencia, capaces de mayor agilidad que el resto, de dejarse atrás muchas otras de ritmo lento y prestado.

Con un grupo de gentes como Isabel recorrería el mundo un siglo cada diez años; pero el mundo prefiere aplaudir la lentitud, como aplaude el nivel medio. Isabel quiso escudriñar alegremente en todos los secretos de la vida; pero el mundo es severo y apenas tolera que se conozcan unos pocos.

¡Severidad hipócrita que no ha dejado surco en la cínica frente de Isabel! ¿Ha aprendido a situarse en un delicado punto medio entre el patetismo y el júbilo? Sólo concebía el amor como un ímpetu risueño –espuma de la vida–, dominador de todos los demás; pero ahora quizá prefiere filtrar en él un poco de tristeza para hacerlo más sabroso. Aquella alegría cuyo vigor era imposible superar, más imposible hacer recíproca, porque nunca hubo en ella elipsis, ahora prefiere abrirme huecos que yo procuro ir invadiendo.

Nuestro amor podría ser ahora mejor compartido, porque en los dos flotan sombras que mutuamente podríamos desvanecer. Hacen falta algunos plomos que se prendan a nuestra vida, que nos engarcen a las otras vidas: primeras llamadas de la tierra que perennemente nos invita a ser profundos.

—Reñí con el marqués. ¿Lo sabías?

—No, cuenta.

—Una tarde...

Suavemente va dejando resbalar la aventura. Isabel, enamorada de sí misma, quiso guardar una exacta reproducción de sus encantos para contemplarla más tarde, en sus años de desmoronamiento. Posó ante una máquina discreta, guardó las reproducciones en casa de una amiga menos discreta, amiga de él...

Isabel, enamorada de sí misma, quiso embalsamarse, guardar su hermosura en el punto de máximo esplendor, para los años de tedio... El marqués pensó en otros propósitos, aventuró una absurda sospecha de propaganda...

La voz de Isabel va recobrando ligereza; los ojos, una risueña vivacidad.

—Después... No puedo negarlo. Creí poder gozar de mi libertad. Anduve por París, por Barcelona. Trabajé en una casa de automóviles. Dirigí la publicidad... y la vida de otro hombre. Dibujé proyectos de cartel. Volví al teatro... Estuve en América.

Respira, ya libre de su propia historia. De una versión de su historia. En sus ojos, un momento amagados por una llovizna sentimental, no acabó de cuajarse la emoción y se van encendiendo puntitos de oro.

—Me alegré al verte en el paseo. Creí que... no me querrías reconocer.

—¿Por qué? —le contesto.

—¡Han pasado tantas cosas!

—Han pasado, y yo querría enseñarte la ciencia de bien olvidar; pero tal vez no me creas.

—Todo deja huellas.

—Nos va enriqueciendo.

—¿Y tú? ¿Qué hiciste?

Las menudas escaramuzas de la vida pierden aquí su acento dramático, se convierten en temas a elegir para pintar un cuadro de costumbres y colgarlo apaciblemente del muro. De toda la historia de nuestros últimos cinco años apenas sería aquí utilizable una página: ¿por qué no desdeñar todas sus glosas, aun aquellas que pudieran servir de engarce con nuestro último momento?

A pie enjuto debemos cruzar ágilmente esta agua turbia de recuerdos; llegar a la otra orilla sin volver la cabeza; pisar tierra firme, instalarnos en este minuto y en este refugio decorado por Brueghel, puesto que nuestro diván es la rosa de todos los caminos del deleite.

—Brueghel, jovial camarada: Te falta un cuadro. No te atreviste a pintar aquí el gran lienzo del amor. Sólo pintaste las alusiones. Aquí están todas las delicias del tacto.. Pero incompletas.

—Nosotros vinimos a completar la colección –añade Isabel–. Y da pena destruirla al marcharnos.

—¿Cómo?

—Sí, destruirla. Fuimos el complemento de esta sala, el complemento vivo. Hoy volvemos a serlo.

—Y mañana.

—Acaso mañana falte algún detalle... Ya todo no acudirá a la cita.

—¿Por qué?

—Quién lo sabe.

Pero esto ya importa poco. Ahora nos divierte tanto sentirnos contemplados, que todo lo demás se borra de nosotros. De los grupos de Brueghel extendidos en torno es el nuestro el que más interés provoca. Porque en Isabel pueden también hacer presa todos los sentidos: su voz es retozona, la tersura frutal de sus mejillas convida a hincar allí los dientes; su perfume es descocado, como sus piernas y su boca. Todo en ella convida a realizar una teoría completa de sensaciones, agudizadas por un supuesto veto: el mío. Soy un ángel de espada de fuego que traza alrededor de Isabel un aro infranqueable.

Hermético recinto. Hemos tallado un marco invisible que los mismos vigilantes del Museo no se atreven a saltar. Pasan los curiosos junto a nosotros, ven a través de nuestro armonioso enlace todas las maravillas de la sala; porque en nosotros reside el verdadero sentido de esta confluencia de realidades pintadas. En nosotros, que también juntó el azar.

Pero tantas imágenes se acumularon en esta viva estructura que forjó nuestro encuentro, tan denso núcleo de realidades ajenas a nuestra propia sustancia, tan al borde estamos del desmoronamiento, que una leve impaciencia por retornar a la calle lo va a hundir todo en la nada. Este cuadro –fugazmente restaurado– está pendiente de un hilo.

Y el tiempo –protagonista del drama– ya va afilando sus tijeras.

Porque de pronto se nos hace patente la verdad: nuestro amor es hoy otro cuadro del Museo, que sólo aquí puede tener sentido, precisamente aquí donde ayer –hace unos años– nos deleitamos pintándolo.

A Isabel, que va dejándose relajar sus facciones fugazmente electrizadas por mi hallazgo, le diría:

—Vinimos a barnizar una tela, a bruñir el marco, a resucitar un goce perdido en un rincón del museo. Al fin es obra nuestra, aunque cedida al gran chamarilero de las vidas humanas: el Tiempo. Pero el Tiempo, muy afable, nos deja hoy unos momentos contemplar la tela. Aquí está –no nos pierde de vista– acariciándose la barba enmarañada, conteniendo su primer gesto de impaciencia[120].

Y al Tiempo:

—Buen anciano, que bajo tu gorra galoneada te paseas gravemente por este archivo de emociones; implacable amigo que no cedes nunca la llave de este país de momias: No nos dejes permanecer aquí otra hora, porque corremos el peligro de quedar hincados para siempre en el muro, como estampas de un amor detenidas en un punto de nuestra vida. Tiempo, fiel anciano: Expúlsanos de este paraíso de delicias pintadas, antes de que este momento atrapado al azar se momifique.

---

120 Jarnés personifica el tiempo como un viejo barbudo según el modelo del dios griego Cronos.

Salimos en silencio. Se me desvanece en la cruda luz meridiana. Sus ojos y sus manos aún conservan un resto de corriente; pero ya su andar es más lento, más pesado, como si de nuevo le hubieran cosido plomos a su espíritu.

—¿Almorzamos juntos?

—Sí.

Esos amores tan blandos, tan en sombra, donde se descansa como en una cuna; esos amores hechos de respirar temperaturas mimosamente provocadas, no pueden resistir mucho tiempo el aire hipócrita del mundo; pero el amor de Isabel, tan audaz, que sabe invalidar gallardamente las intimidades de los hombres, filtrarse en ellas como Ruth en el lecho de Booz[121], ¿por qué no podía erigirse dictadura en este frágil gobierno de mi vida?

Siento aún el deseo de abandonarme de nuevo en sus manos, de ser juguete suyo, de que me voltee a su capricho, de sentirme zarandeado por su coquetería. Ahora querría contarle mi pobre vida de opositor que pasa a catedrático, de soñador que pasa a escéptico...

—¿Sabes –insinúo– que me casé?

—¿Tú? ¿Cómo fue?

---

121   Ruth es un personaje bíblico que vive en la pobreza y para sobrevivir rebusca en lo que desechan los cosechadores. En ello va a parar a un campo propiedad de Booz en la ciudad de Belén. Ruth se acuesta a los pies de Booz y éste la toma por esposa.

—Verás... Sucedió que cierta mujer –Matilde–, como el vagabundo del tonel, salió un día a buscar un hombre[122]. Lo supe más tarde, mucho más tarde... Ahora la disculpo. El mundo no se da cuenta de lo difícil que es inyectarle un sorbo de locura; tan difícil como ganarse el pan. Los caminos de la normalidad adinerada son cómodos, son anchos; y los de la virtud. Los del mal son tan angostos que aquella Matilde no acertaba –como el hilo tembloroso ante la aguja– a enhebrarse el suyo.

—¿Qué dices?

—Cuento la historia de Matilde, según ella me confesó más tarde. Escucha...

Sigo contando... Furtivamente, en las lunas de los escaparates, en los espejos de las tiendas, mi mujer se tasaba aquel día su propia seducción. Iba y venía por la acera. Le asaltaba a cada momento la duda de sí misma, de la eficacia incitante de sus gestos, de su traje, todo situado en ese punto medio de la mujer necesitada que, un día, se entrega por contrato o por un precio. Su traje –lo conservo– era un poco de crespón manzana; Matilde un haz de miembros mal ensayados para conseguir por modos dinámicos lo que nunca pudo lograr estáticamente: dinero.

—Pero...

—No interrumpas.

Hasta entonces había servido de modelo en casa de un viejo escultor. Allí había ensayado todos los inmóviles escorzos que el mármol destinado a la inmortalidad exige a un académico. Había recorrido esa quieta región de seres supraterrenos, detenidos en un punto de su máxima tensión vital: Cassandra, Safo, Níobe...[123] O de esa otra de

---

122 Referencia a Diógenes, filósofo griego de la escuela cínica que vivía como un vagabundo por las calles de Atenas haciendo de la pobreza una virtud. Al parecer vivía en una tinaja en lugar de una casa, y decía que andaba por las calles buscando un hombre honesto.

123 Casandra, en la mitología griega, es una sacerdotisa que pactó con el dios Apolo, a cambio de un encuentro carnal, obtener el don de la profecía. Safo fue una poetisa griega del siglo VI a.C.

entes respetables cuya púdica indumentaria estimula a practicar todas las virtudes: la Prudencia, la Templanza, la Fe... Todas habían encontrado en Matilde su feliz intérprete. Del taller partían hacia todos los puntos cardinales expediciones voluminosas de abstracciones realizadas plásticamente por Matilde. Entes desnudos y eternos a quienes ella ha prestado –aún existen– su ritmo y los perfiles de su carne. En alto el ramo de laurel o el cáliz, la balanza o la lira, Matilde ha recorrido todas las escuelas éticas y olímpicas, desde la pujanza de la heroína hasta la sumisión de la esclava.

—¡Pero esto es una broma!

—Es la historia de una mujer que ahora parece ser la mía. Verás...

Sigo contando: Matilde se aburría. El estatismo de sus primorosos relieves le fue estéril y resolvió –azuzada por el hambre– lanzarse a una fecunda dinamicidad. De pronto, una noche, se encontró en la calle decidida a convertirse en discreta fuente de energías económicas. Actitud desesperada que nadie tuvo en cuenta. En un bar se aburrió dos horas. ¡Era tan difícil para ella inyectar un poco de locura en aquellas gentes aburridas!

Ensayo perfiles de estatua –magníficos resíduos de su primera época–, se perfiló gentilmente, como una Ifigenia contemplando el mar, esperando a Orestes. Posó, como en el taller, sin darse cuenta, y las gentes atolondradas que entraban y salían se detuvieron a contemplarla no como cierta posibilidad de goce, sino como la maqueta de un altorrelieve.

—¡Cómo inventas!

Así fue. Así debió ser. Aquella Ifigenia –lo comprobé más tarde– fue respetada en silencio por los clientes, porque su brazo y su mano –soportes de la mejilla– hacían pensar en Grecia, no en un prostíbulo. Matilde daba lecciones de armonía plástica, en vez de provocar efervescencias carnales. Hacía retroceder a los clientes del bar a las edades clásicas, en vez de hacerles hincar su atención a un voluptuoso presente, único modo de resolver entonces los problemas aritméticos de la estatua viva. Que pronto se dio cuenta de la falsa interpretación de sus delicias epidémicas.

Callo unos momentos; Isabel me azuza:

—Sigue, sigue. Me interesa mucho.

—Matilde salió del café, decidida a *hundirse en la vorágine*...

Con tal crueldad acentúo algunas frases, que la misma Isabel me pide suavidad con la mirada. Prosigo:

—Matilde comenzó a dudar del éxito de sus juveniles formas. ¡Su léxico galante, además, era tan parco! Porque, señor, es muy difícil acercarse a un transeúnte y decirle «¡ven!», tanto como decirle: «Sepa usted, joven, que puede con toda libertad caer en mis brazos. Ellos sostuvieron todos los emblemas de la virtud; también podrían sostenerle a usted, si se decide a resbalar por la fácil rampa del deleite..» Esto, es verdad, es enojoso. Sólo puede aprenderse a lo largo de un curso. Matilde conocía vagamente sistemas, pero un sistema no es nada. Había que conocer *casos prácticos*; clasificar tipos, someterlos a tratamientos distintos; inventar un régimen especial para el monstruo, para el jóven púdico, para el matoncillo resabido; prevenirse contra ese hombre dramático para quien los brazos cotizables son siempre *lo fatal*... Aprender, en fin, esa escala de hombres inesperados, inclasificables, con quienes sólo puede tener éxito una potente intuición.

—¡Pobrecilla!

—Tú, Isabel, no te das cuenta de lo difícil que es inyectar a los indiferentes un poco de locura. Porque tu camino era más fácil. No naciste modelo, sino subdiosa original.

—Gracias. Sigue contando.

—Ahora va a entrar en escena un nuevo personaje...

Matilde seguía repasando las primeras páginas del penoso texto en la esquina de una de esas calles donde los hombres –perpetuos aturdidos colegiales– repiten monótonamente sus piropos y miradas. Un joven recorrió ávidamente, desde la cabeza hasta los pies, la sabia estructura de Matilde; repitió dos veces su enjuto repertorio galante... Matilde sufrió un estremecimiento; ¡era llegada la hora! Heroicamente, al percibir la insistencia del joven encandilado, pasó rozándolo, ensayando un guiño dudoso. Pretendió extraer de sus sistemas de seducción una pauta eficaz... Pero, señor, estas sonrisas, estos guiños pícaros –tan lejos de Niobe y de Ifigenia– no nacen hechos, como los claveles. Hay que someterlos a una forja lentísima, moldearlo y pulirlo todo, como joyas. Porque el trance es duro: una de estas invitaciones debe expresar a un tiempo la calidad y el coste. Deben llevar su precio bien visible, como el juguete en su vitrina. ¿Qué matiz será, pues, el exacto? Al mismo tiempo el joven...

—Tú.

—Sí, yo.

Entretanto, el joven seguía indeciso bajo la febril movilidad de los ojos de Matilde... Que, al fin, heroicamente, se decidió a emprender la vida nueva. Aquel momento tuvo la solemnidad de una inauguración. Comenzó a mirarme con una insistencia tan grata como dudosa. La mirada era un puzle. Había allí, en partes iguales, azoramiento, provocación, angustia... Yo de aquel puzle extraje cierta espuma que tomé por coquetería y decidí aproximarme... El trance fue perdiendo avidez, era más fácil operar; en un juego así, siempre se gana la partida. Bastaba con empujarme suavemente, desde el umbral de la muda especulación al torrente barroco de la oratoria improvisada.

Irrumpí en el dulce suceso. Me dio el empujón una sonrisa tan mal urdida, tan mal dosificada, tan torpe −de tanto no serlo en el otro sentido−, que en ella cabían todos los sentidos. Yo, aturdido, escogí el sentido de ingenuidad; me acerqué... Creo que dije: «Venía a cazar esa sonrisa.» Y ella contestó: «¿Las colecciona?» Yo, dueño de la situación, repliqué: «Sí. Deme otro ejemplar.» Y entonces llegó el momento de la cotización. Ella −¡lo supe después!− pensaba en un precio material, yo en un precio místico... ¿Cómo no me di cuenta? ¿Cómo no averigüé el exacto sentido de aquella sonrisa?

—Perdiste los años descifrando signos yertos; los de la vida auténtica se te escaparon siempre. Fuiste capaz de conocer el verdadero sentido de una frase de Isolda, pero no el de cualquiera de las mías.

Mi analfabeta prosigue lentamente:

—Debiste averiguar el resto. Todo leal comercio, aunque sea el de nuestra carne, empieza por ahí, por extender bien el contrato. Tu Matilde no había salido a buscar vanas metáforas.

En verdad, aquel momento fue muy grave para la incipiente faceta mercantil de la infeliz Matilde. Cayó en esa profunda depresión que precede a los grandes derrumbamientos. Se encogió su alma azorada como el funámbulo que va a dar el salto mortal: un brinco desde el plano de la honesta muchacha que espera a un novio al de la cortesana cínica que sale a buscar un hombre... Sí, fui entonces un inexperto catador de sonrisas. Asigné a la de Matilde un valor absoluto, no un valor convencional. La arranqué de entre las garras de la anécdota y la situé en los planos altos, donde, entre cabriolas y espumas del espíritu, se fraguan la sonrisa de la primavera, la sonrisa de la juventud, la sonrisa del candor.

—Perdiste los años, como Zaqueo[124], subiéndote a los árboles, creyendo así ver a los hombres, en de vez de establecer con ellos un duro –pero cálido– contacto. De los hombres, como a Zaqueo, sólo subia a ti su mirada, la fina irradiación del espíritu... Pero el mundo es algo más, y por eso no conociste el mundo. Matilde era algo menos que *la mujer*, era –seguramente– *una pobre mujer*.

—Aquel día, además, yo estaba deslumbrado. Me sonreía todo: los cielos, la tierra y las mujeres. Flotaba mecido en una onda de sonrisas... Verás: acababa de obtener el segundo puesto en las oposiciones, y había cinco plazas vacantes. Recibía felicitaciones de todas partes. Creí que también las mujeres desconocidas... Mi nombre iba a

---

124 Zaqueo, según la Biblia, fue un rico comerciante de Jericó que debido a su escasa estatura tuvo que subirse a un árbol para poder ver a Jesús cuando éste entró en la ciudad.

figurar en el encasillado de un ministerio, empujado ya siempre en los desfiles de un severo escalafón. Recorría Madrid en triunfo, recibiendo sonrisas. Amigos, escaparates, faros de coches, carteles de muros, sillas de terrazas, estrellas, mujeres..., todo me sonreía con la sonrisa genérica que sólo puede percibir el hombre afortunado. La de Matilde fue un guiño más del orbe, tan alegre por mi triunfo. ¿Cómo preguntar su coste? ¿Iba yo a preguntar por sus tarifas a todo el universo? No. Hice otra cosa: pedir nuevos ejemplares... Y Matilde, al borde de la zanja, entre el bien y el mal, no se decidió a dar el brinco. Yo seguí azuzando su impaciencia. Al fin ella susurró estas palabras: «Perdone, joven; le había confundido con un amigo de casa...» Y allí quedó temblando, abrumada, inerte. La zanja se ensanchó, las riberas se alejaron; en la acera quedó un proyecto financiero fracasado.

Y un germen de aventura. Matilde siguió penosamente su camino. Volvió a la esquina, penetró en un zaguán, subió una escalerilla... El resto lo supe más tarde. Matilde cayó en brazos de una anciana que comentó el lance diciendo: «¡Tú verás! ¡No hay nada para comer!» A lo que Matilde replicó un desgarrador: «¡No puedo, no puedo!» Con ello daba paso al melodrama o al tango, ¿no es cierto? Matilde se rehizo muy pronto. Gimoteó unos segundos ante los dos espectros; pero de pronto, secos los ojos, después de pasarse el lápiz rojo por los labios, se lanzó al balcón como a una última tabla...

—Y tú estabas allí.

—Naturalmente. Allí estaba recibiendo los últimos parabienes de la tarde. Los cielos, la tierra, los balcones, me sonreían. La aparición de Matilde estaba para mí descontada. Repito que no era una sonrisa más: era la misma sonrisa de todo el universo.

—¿Y después?

El viejo escultor volvió a acoger a Matilde. Precisamente le faltaba una victoria para el monumento a los héroes de Almalek[125], que había de henchir de ceros su cuenta corriente... Matilde –¿cómo pudo entonces ocultármelo?– volvió a empuñar, desnuda, el ramo de laurel. Gallardamente erguida sobre un cañón, recuperó sus calidades estáticas, tan a punto de naufragar días antes. Mientras yo disponía mi instalación en la provincia, los documentos de la boda. Matilde me hablaba de una corta pensión, de menudos ahorros para adquirir el equipo... Fui a tomar posesión; volví a los dos meses... Entretanto el viejo escultor acabó el monumento, lo entregó a una agencia de transportes, despidió a su colaboradora, a Matilde, a quien nunca había contemplado, porque él sólo veía mármoles y formas que copiar, no acariciar. El modelo era para él una pobre cosa necesaria que cobra un poco de dinero por su quietud. Copiaba íntegramente, y sólo amaba sus copias; para amar los originales es preciso deformarlos, transformarlos a imagen y semejanza propia, y él era incapaz de transformar nada.

—Deja en paz al escultor. ¿Y vosotros?

Una tarde, a los seis meses, se celebró la ceremonia. Matilde abandonó su condición de entidad heroica universal y pasó a gozar de la humilde condición de individuo cónyuge. Nos sumergimos en un vagón de segunda. España desfiló ante nosotros, con sus sombras y sus luces.

125 Probable referencia a la Batalla de Alcazarquivir (4 de agosto de 1578), que enfrentó a las tropas portuguesas con los pretendientes al trono de Marruecos. Es famosa porque en ella murió el rey Sebastián de Portugal, el poeta español Francisco de Aldana y los dos sultanes marroquíes en disputa, Muley Al-Mutawakil y Mutey Al-Malek.

En un hotel proseguimos las escenas rituales que ya, con alguna impaciencia, habíamos iniciado una noche de estío. Comenzó la vida nueva, es decir, la más opaca...

—Pero ¿cuándo supiste?...

—Vamos a almorzar, si quieres. Después habrá tiempo... ¿Aquí mismo?

—Aquí mismo.

Hay algunas mesas ocupadas, ante las cuales un camarero va apuntado todos los matices de la gula, desde el voraz apetito al refinamiento inapetente. Isabel escoge algunos platos, y el almuerzo transcurre en silencio; suprimidos todos los usuales arabescos de un almuerzo entre amantes, sin la jovialidad de un almuerzo entre aturdidos camaradas. Algún cliente, alarmado por un general mutismo, lanza al viento un despropósito para enconar el silencio y hacerlo estallar en carcajadas. Porque hay siempre un payaso entre esas gentes que no acaban de rendirse al tedio.

Isabel, olvidándome, sigue la trayectoria del chiste, contempla al intruso de nuestra ya desmoronada intimidad... Para recuperar su atención le invito a salir del comedor. Ante el café prosigo:

Correteábamos como chicuelos por una ciudad de nuestro itinerario, donde iba a ser descubierto el monumento a los héroes de Almalek. Nunca asistí a ceremonias tan poco divertidas, pero entonces me divertía todo, y frente a los bloques embozados en el centro de la plaza podría reconstruir mentalmente alguna papeleta de la culta antigüedad. Todas las maravillas del mundo eran entonces para mí otros tantos primores catalogables, de fichero, excepto la gracia maternal de Matilde...

Fue un día memorable. La plaza estaba colmada de espectadores, porque estos fervores retrospectivos suelen atraer las muchedumbres, como cualquier fervor actual, a veces con la misma temperatura, con la temperatura... de la hora del aperitivo. El pasado se fue olvidando y el presente aun no logró prender demasiado, de modo que suelen producir un fervor medio, un común denominador emocional... He aquí pífanos, maceros, caballeros en traje de elocuencia, un alcalde, un ministro, cascos bruñidos y plumíferos, el hombre morado... Porque de pronto una ciudad agrupó sus *fuerzas vivas* para resucitar las muertas.

Iban apagándose las charlas colectivas; iban surgiendo las frases individuales. Un latido vigoroso arrancaba del corazón de la plaza, recorría los aros espesos de multitud, chocaban con los soportales, con el quiosco de refrescos; ascendía –palma retórica, fría–, bajaba –surtidor oratorio– sobre las cabezas desnudas... («pulsos sagrados..., titánicos pechos..., lauros...., sangre española...»). La mañana protestaba de que se la utilizase en infantiles menesteres de descorrer cortinas. Era un mañana elaborada para más altas faenas: para el amor, para el último diálogo platónico. Desataba un tropel de geniecillos que se divertían en soplar sobre la calva del obispo, en jugar con las reminiscencias capilares del alcalde, cuidadosamente repartidas por el cráneo: en un minuto aquel problema de distribución capilar tan honradamente resuelto se planteaba otra vez y en los más angustiosos términos. Otros geniecillos se solazaban agitando ramitas sobre la faz augusta del hombre morado, hincándole en los oídos flechitas verdes de un pino; otros geniecillos correteaban entre la muchedumbre,

pellizcando a las muchachas, arañando nucas, distribu-
yendo fragmentos de discurso como bombones de una
asamblea donde los taquígrafos se hubiesen vuelto locos...
(«Tralla enemiga..., liosas mujeres..., forzados caudillos...»)
A los últimos asistentes apenas llegaba alguna palabra des-
concertante... («Limón..., oros..., naranja..., sangre..., es-
padas..., copas...,») Porque de las metáforas se desprendía
atolondrada la palabra esencial, la más lejana del sentido
recto, y, como una pelota, iba a incrustarse en los oídos más
remotos, produciendo allí una indescifrable algarabía. Sólo
los más próximos al monumento disfrutaban de algún período completo, a despecho del viento y de los mismos oradores. Porque los oradores suelen llevar a esos homenajes
discursos ya hechos trizas, recortes de discursos, zurcidos
malamente... («Brasa encendida..., carne rota..., pan..., vino
ardiente...») Cada orador escoge sus tropos en almacenes
distintos: unos, en el cielo; otros, en el mar; aquellos, en el
tálamo; éstos, en la despensa...

—Deja en paz a los oradores. ¿Y vosotros?

—Escuchábamos al pie del monumento, bisbiseán-
donos alguna acotación que interrumpía con una ceñuda
mirada el teniente alcalde.

Al fin llegó el trágico momento. Un brazo que se adelanta, una mano que oprime el extremo del cordón. Ante
nuestros ojos atónitos apareció el mármol del viejo escultor; la falsa epidermis de satén se vino abajo y bajo ella
surgió una Victoria ofreciéndonos su ramo de laurel, de-
safiando las miradas hostiles del hombre morado, de
muchas mujercillas negras... Era el primer monumento
que en la ciudad se atrevió a tanto...

—Bien... ¿y qué? –interrumpe mi analfabeta, burlonamente.

—Me quedé mirando la estatua mientras ella –Matilde– inclinaba, ruborosa, la cabeza. Entonces comprendí su resistencia a asistir a la inauguración, su empeño en situarse a espaldas de la estatua. En la cara, en los senos, en el vientre... Me acometió un terrible nerviosismo frente a aquel brazo desnudo que ofrecía al mundo el ramito de laurel...

—Sigue, sigue.

—Me di por vencido. Allí estaba, toda entera, la forma de Matilde. Me arranqué bruscamente del pie del monumento, arrastrando conmigo a la modelo. Las gentes se esparcieron alegremente por los cafés, comprando en reproducciones toda la obra patriótica del autor del monumento... Yo adquirí una monografía con muchas ilustraciones... Matilde se obstinaba en callar, pero en el hotel, a mi voz ronca, imperativa, desesperada, Matilde se fue desnudando, se subió a una mesa, empuñó un ramo de claveles, levantó el brazo en la actitud de la estatua.

—¡Era ella misma!

—No había duda. Me lancé vorazmente sobre las reproducciones... Allí estaba Matilde convertida en todas las diosas del Olimpo, en todas las virtudes desnudas y a medio vestir del Cristianismo. Matilde, por todas partes, con una gasa, con un trozo de crespón, a plena luz... La intimidad de Matilde repartida por todas las provincias, por los parques, por las plazas, por las fuentes. ¡Matilde, decorando con sus gracias desnudas a toda la nación! Iríamos de ciudad en ciudad recorriendo un álbum de su cuerpo, viéndolo resucitar juvenil, intacto, en cada parque, en cada plaza, en cada fuente... Quedé yo también convertido en piedra. Matilde sollozaba, caído el ramo de claveles, inerme, convulsa... Comenzó a explicarme lo que tú, mi analfabeta, has escuchado...

—¿Y después?

—Primero se espesó en mí una agreste idea de dominio: ¿no era yo dueño de aquella belleza repartida por los cuatro puntos cardinales? Di un largo beso a aquella desnudez individual, tan repartida en copias... Me acordé de ti.

—¿Por qué?

—Yo, que había sentido un gran rubor de poseer tu belleza tan copiosamente repartida por frágiles programas de mano y de pared; de poseer tu espíritu tan sutilmente desmenuzado por todas las revistas del mundo; yo, que aspiraba a poseer una forma –y una intimidad– para mí solo, donde reposar de tanta fatiga y pesadumbre vital..., me tropecé con una desnudez al alcance de todos los ojos, con una intimidad del dominio público.

—Serás un perpetuo amante de mitos y de esquemas. ¡Es tu castigo! Pero saliste ganando. Cuando tu Matilde se desmorone podrás seguirla viendo en plena lozanía... de piedra por todas las provincias de España. El papel de las revistas donde mi desnudez se conserva es mucho menos resistente.

Inclino mi cabeza ante su saña. No me atrevo a replicar. Un coche cerrado podrá mantenerla junto a mí algunos momentos, pero la juzgo ya tan lejana de mí que no me atrevo a intentar nada. La sigo en silencio. De pronto mi analfabeta se detiene.

—Vivo aquí.

Cierro los ojos. No quiero ver la calle, no quiero ver el número.

—Adiós.

El cuadro quedó allí, en el museo. Nunca volveré a celebrar su aniversario, a barnizar la tela, a bruñir las molduras.

Que quede allí, en poder del Tiempo. Que nunca el azar nos empuje a volver a meternos en el marco.

Thank you for acquiring

Escenas junto a la muerte

from the
Stockcero collection of Spanish and Latin American significant books of the past and present.

This book is one of a large and ever-expanding list of titles Stockcero regards as classics of Spanish and Latin American literature, history, economics, and cultural studies. A series of important books are being brought back into print with modern readers and students in mind, and thus including updated footnotes, prefaces, and bibliographies.

We invite you to look for more complete information on our website, **www.stockcero.com**, where you can view a list of titles currently available, as well as those in preparation. On this website, you may register to receive desk copies, view additional information about the books, and suggest titles you would like to see brought back into print. We are most eager to receive these suggestions, and if possible, to discuss them with you. Any comments you wish to make about Stockcero books would be most helpful.

The Stockcero website will also provide access to an increasing number of links to critical articles, libraries, databanks, bibliographies and other materials relating to the texts we are publishing.

By registering on our website, you will allow us to inform you of services and connections that will enhance your reading and teaching of an expanding list of important books.

You may additionally help us improve the way we serve your needs by registering your purchase at:
http://www.stockcero.com/bookregister.htm